DOUBLE FACE

© JOELLE REMY GONIAUX, 2024

Édition : BoD · Books on Demand GmbH,
In de Tarpen 42, 22848 Norderstedt (Allemagne)
Impression : Libri Plureos GmbH, Friedensallee 273, 22763 Hamburg (Allemagne)

ISBN : 978-2-3225-3884-3

Dépôt légal : Octobre 2024

Joëlle REMY GONIAUX

DOUBLE FACE

ROMAN

« Les erreurs ne se regrettent pas, elles s'assument !

La peur ne se fuit pas, elle se surmonte.

L'amour ne se crie pas, il se prouve. »

(Simone Veil)

Tu m'as volé mon âme

Mes rêves, mes espoirs

Dans mon visage plus rien

Ne sera jamais mien

A ma chère Maman

Là où tu navigues, je te retrouverai.

Face au miroir, après des jours et des jours d'attente, d'angoisse, je regarde abasourdie mon nouveau visage. C'est l'image d'une inconnue que je vois. Oubliés la face tuméfiée, l'arcade sourcilière ouverte, les pommettes bleuies, les yeux hagards, le sang. Je scrute intensément ce nouveau facies à la recherche d'un détail familier. Depuis des mois la petite étincelle qui illumine un regard avait disparu. Le jade de l'espérance avait perdu tout éclat ; un vert délavé, poli par des torrents de larmes, l'avait remplacé. Aujourd'hui, l'espoir d'une vie nouvelle a ranimé la flamme apportant un soupçon d'optimisme, de renouveau. Mes cheveux malmenés, fragilisés ont repoussé. Ils tombent en cascade sur un cou émacié, gracile ; un noir de jais intense a supplanté le terne d'un blond doré décoloré, faisant ressortir la peau pâle. L'ovale du visage a été retravaillé, les pommettes gonflées, le nez modifié. J'effleure du bout des doigts ma peau tendue aux traits figés ;

j'esquisse un timide sourire. Il a quelque chose de familier qui me rassure.

Je m'interroge sur ma reconstruction morale. Va-t-elle suivre ma métamorphose physique ? J'en doute, l'espère sans trop y croire. La peur sourde de me retrouver face à mon bourreau me tenaille. Rien que d'y penser mon ventre se contracte, mes mains tremblent. Comment oublier ? Mon tortionnaire doit me savoir vivante. J'en frissonne…

Inconsciente à mon arrivée dans cet établissement hospitalier, plongée dès mon admission dans un coma artificiel, le jour arrêté par les médecins de mon réveil programmé, j'ai reçu la visite du chirurgien venu me dresser *un état des lieux* me laissant plusieurs jours, interdite.

Admise dans mon service de réanimation en état d'urgence absolue, vous avez été placée en sédation-analgésique pour atténuer vos souffrances. Vous assurer un confort physique et psychique était une priorité. La violence des coups reçus vraisemblablement avec un objet contondant, ne m'ont laissé aucune alternative sur la suite à donner. Défigurée, j'ai pratiqué une reconstruction quasi-totale de votre visage. Rassurez-vous, tout s'est bien passé. Cependant, les bandages enlevés, vous risquez de ne plus vous reconnaître. J'ai préservé ce qui pouvait l'être. Vos expressions se refaçonneront au fil du temps. Je suis certain que votre sourire restera vôtre. Vous récupérez vite et bien ; le privilège de la jeunesse sans doute ! Dans quelques mois, un an au plus, il n'en paraîtra plus rien. Abordez ce changement avec l'espoir de vous soustraire à votre tortionnaire. Méconnaissable, vous pourrez vous reconstruire une vie nouvelle. Aucun organe vital n'a été touché excepté la rate éclatée que j'ai enlevée. Soyez sans crainte, on peut vivre sans en respectant quelques précautions. Vos fractures rendent aujourd'hui votre immobilisation forcée. Elles nécessiteront des séances de kinésithérapie mais chaque chose en son temps. Ne soyez pas pressée. Reposez-vous, récupérez. Tout votre être le réclame. Une fois cagoule, pansements enlevés, ne cherchez pas de résultat immédiat. Il faudra patienter un peu mais vous ne serez pas déçue ; j'ai fait une œuvre d'art à la Botticelli, je vous l'assure… Des policiers se sont déjà présentés plusieurs fois pour vous interroger. Ils attendent notre feu vert pour vous rencontrer. Vous pourrez alors porter plainte. Nous avons retardé au maximum ce douloureux moment. Il ne demeure pas moins indispensable pour procéder à l'arrestation de votre criminel. Vous sentez-vous prête ?

Non, je ne l'étais pas. Comment accepter, vivre cette terrible fatalité ? Recluse dans les vingt mètres carrés de ma chambre, je suis restée murée dans le repli. Les douleurs, liées à la chirurgie réparatrice avec rhinoplastie, consécutives aux multiples traumatismes étaient vives et invalidantes ; mon élocution se limitait à quelques balbutiements. Emballée comme un œuf, emplâtre sur le nez, visage cartonné, œdématié, immobilisée sur mon lit avec fractures bras et jambe, il m'était impossible de bouger. Axée à soulager mes maux, je n'éprouvais aucune envie de rencontrer quelqu'un encore moins de me soumettre à un interrogatoire même s'il s'avérait urgent. Déterminée à sortir rapidement de mon état, j'ai porté ma croix avec courage. Pendant trois mois s'égrenèrent de longues journées remplies de vide seulement rythmées par les allers-retours bienveillants du personnel soignant. Je somnolais beaucoup. Hantée par des cauchemars récurrents, je me réveillais en hurlant, perdue, haletante. Une angoisse latente m'habitait.

Dans ma chambre d'hôpital, depuis peu, tel un phénix je renais de mes cendres. Une fois mon interrogatoire terminé, j'espère pouvoir me libérer du sentiment de culpabilité que je nourris. Si je n'avais pas défié Jacopo, mon boucher, je n'en serais pas là.

Me sentant responsable de ma condition, je me flagelle de reproches.

J'ai senti la mort toute proche, je l'ai même souhaitée, résignée à en finir une bonne fois pour toutes. Inutile de se défendre, de résister quand la force a raison de vous. Depuis des mois, les attaques de plus en plus violentes de Jacopo me laissaient dans une terreur telle qu'une seule obsession m'animait : ne rien faire surtout ne rien dire pour les déclencher. Un geste, une parole, tout était prétexte pour attiser le feu. J'ai fait abstraction de ma prudence quand, excédée d'être son otage, je l'ai provoqué avec mon héritage. Lui signifiant que mon compte bancaire était bloqué, j'ai signé mon arrêt de mort. Devenue son punching-ball humain, le défouloir de sa colère, je n'aurais pu échapper à sa barbarie s'il ne m'avait crue définitivement anéantie. Il me laissa pour morte sur le parquet.

J'ai sombré dans un gouffre profond, sans espoir de retour. J'ai vu ma courte vie défiler. A vingt-trois ans, je payais le prix de mon innocence.

Mes premiers souvenirs remontent à l'école maternelle. Enfant unique d'une mère célibataire, j'ai très rapidement vécu une marginalisation liée à l'absence d'un père.

Harcelée, écartée des jeux, jamais conviée aux fêtes anniversaires de mes camarades, je pensais ces brimades directement liées à un manque de disponibilité de ma mère. Ses absences pointées du doigt par les autres parents se remarquaient dans les conseils de classe, les sorties scolaires. Assumant seule son rôle de parent, sans nounou ni baby-sitter, Alice manquait de temps.

Tous mes efforts pour avoir des amies demeuraient vains. Elève studieuse, appliquée, respectueuse des consignes, je compensais mon manque affectif par mon sérieux pour attirer les bonnes grâces de l'institutrice. Aucun résultat. Elle aussi me culpabilisait.

— Ton carnet de notes doit être signé par tes deux parents.

— Il serait grand temps que je rencontre ton père…

Avec force, je répondais que je vivais seule avec ma mère avant de renoncer à toute justification. Retrait, impuissance, soumission traçaient insidieusement leur chemin dans mon existence.

Curieuse de savoir pourquoi je ne connaissais pas mon géniteur, je questionnais régulièrement maman. Elle répondait invariablement,

— Anna crois-moi, c'est mieux ainsi. On est bien toutes les deux, NON ?

Je restais sans voix. Lui expliquer que je n'avais pas d'amies parce que pas de papa lui paraîtrait sans doute puéril et inapproprié. Ne nourrissant aucun ressentiment envers elle, je profitais au maximum de nos moments de tendresse, de complicité. Ma mère m'incluait dans tout ce qu'elle faisait. Elle organisait, gérait sa vie pour me satisfaire au mieux. Les week-ends, pendant les vacances, nous fréquentions assidûment les bibliothèques, musées, cinémas, parcs d'attractions, hôtels, restaurants. Elle m'invitait chaque fin de semaine au McDonald's pour un moment privilégié. Elle aimait me regarder dévorer mon menu Happy Meal, burgers, frites, nuggets en me réjouissant de mon cadeau et en profitant de l'espace jeux.

Exubérante, toujours pleine de vie, Alice me répétait,

Ça fait du bien de se payer du bon temps, ma Chérie. Faut en profiter quand on le peut…

Je n'avais aucune raison de la contredire.

Inscrite dès mon plus jeune âge à des cours de musique et de théâtre dans un centre de loisirs, je me libérais de mes frustrations en endossant des rôles de princesse, de reine, de fée… J'abandonnai rapidement l'activité musicale demandant des heures de pratique pour me consacrer exclusivement à la mémorisation des textes scéniques. Elargir la gamme de rôles susceptibles de me convenir me poussait à me surpasser. Mes professeurs me disaient douée ; j'avais besoin, envie d'y croire pour prendre confiance, me rassurer.

Dans notre appartement douillet du cinquième arrondissement, ma mère travaillait chaque soir sur son ordinateur. A ses côtés, je puisais la force nécessaire pour avancer. Confortablement installée au milieu de coussins moelleux, cocooning garanti, je m'évadais dans la lecture en me créant des mondes imaginaires. Tout était simple, facile, reposant. Je m'inventais au gré de mes fantaisies, des papas de couleur, de religion, de nationalité multiple, des frères, des sœurs… Ce n'était pas si mal de se créer des vies !

OUI ! Sans nul doute, on était bien toutes les deux. En y réfléchissant, j'imaginais mal la place d'un père dans notre quotidien.

Un soir d'hiver, l'année de mes dix ans, ma mère me surprit sortant un album photos d'une mallette tenue secrète dans sa chambre.

— Anna, viens faire la connaissance de tes grands-parents. Nous n'avons encore jamais parlé d'eux. Il est grand temps que tu saches qu'ils existent avant de penser que tu es une extraterrestre.

Surprise, j'examinai avec curiosité, beaucoup d'attention, ces deux inconnus. Tous disaient que j'étais le portrait craché de ma mère. Je ne fus pas surprise de me trouver beaucoup de ressemblances avec grand-mère ! Des visages souriants, heureux accompagnaient Alice aux étapes marquantes de sa vie. Un dernier cliché, pris le jour de sa remise de diplôme, clôturait l'album.

— Pourquoi me le montrer aujourd'hui ? Aurais-tu reçu des nouvelles d'eux récemment ?

— Mes parents ne te connaissent pas Anna. Après avoir découvert que j'étais enceinte, je me suis enfuie de la maison. Je ne voulais pas rendre de compte. C'était au-dessus de mes forces de me dédouaner. J'avais cherché un emploi avant mon break au Canada ; à mon retour une proposition d'analyste financier dans une banque parisienne m'a permis de m'éloigner suffisamment d'eux pour garder secrète ma grossesse. Par la suite satisfaite du poste, bien installée, j'ai construit une vie pour nous ici. Le temps a passé vite. Tu es une grande fille aujourd'hui ; je peux te parler de mon passé sans me chercher d'excuses. Regarde le faire-part de naissance dans l'album ? Il leur était destiné. Va savoir pourquoi je ne l'ai jamais envoyé. Je pense qu'il est temps de réparer cet oubli. On va tâter le terrain. Qu'en dis-tu ?

— Je suis persuadée qu'ils seront heureux. Tout ce temps passé sans donner de nouvelles. Écris-leur une lettre. N'oublie pas de glisser mon portrait. Je suis déjà impatiente d'avoir une réponse. Tu pourrais téléphoner… on gagnerait du temps.

— Non, non, je préfère un courrier. Leur laisser le loisir de comprendre, d'accepter, de pardonner. Nous allons sélectionner nos plus belles photos. Nous verrons bien ce qu'il en résultera.

Je me suis mise à rêver à une famille élargie. Pour la première fois ma mère me parlait de ses proches ; demain il se pourrait qu'elle m'en apprenne davantage sur mon père.

Je n'attendais que ça.

Le directeur de l'école, Monsieur Romero, accompagné d'un agent de police, a brusquement fait irruption dans notre salle de cours. Tous les élèves surpris, curieux, en attente se sont levés. Après quelques conciliabules en aparté, le professeur s'est tourné vers nous. Le temps semblait suspendu.

J'ai perçu le regard de Madame Archambaud sur moi bien avant qu'elle parle. Pour disparaître, j'ai rentré la tête dans les épaules, me suis tassée sur la chaise. Je ne sais pourquoi je voulais m'effacer de la surface de la terre mais sa voix m'a rattrapée.

— Anna, rassemble tes affaires s'il te plaît et accompagne ces deux Messieurs.

Subitement soulagés mais compatissants, les visages des autres élèves se sont tournés vers moi. D'un naturel effacé, la situation m'indisposa. J'avais beau chercher, aucun motif valable ne justifiait mon exclusion. Très inquiète, me questionnant toujours sur ce qui pouvait motiver ma sortie, j'ai emboîté le pas aux hommes d'autorité.

Arrivés dans son bureau, Monsieur Romero m'a fait asseoir. La secrétaire s'est discrètement éclipsée. Un lourd silence a alors rempli tout l'espace. Voulant s'éclaircir la voix, toussotant le directeur pris enfin la parole.

— Je ne sais trop comment te dire cela mon petit mais j'ai une très difficile nouvelle à t'annoncer. Pardonne d'avance la peine que je vais te faire. Ta maman vient d'être victime d'un grave accident de la route. Tes voisins d'immeuble, contactés par la police, ont donné l'adresse de ton école. Avant de te déranger, j'ai cherché dans ton dossier les références d'une personne à contacter en cas d'urgence ; je n'ai hélas trouvé personne. As-tu de la famille proche ou des relations dans le milieu professionnel de ta maman ?

Je ne comprenais pas vraiment ce qu'il disait et ne savais trop ce qu'il attendait de moi avant que les mots finissent par percuter mes neurones : *Maman blessée, personne proche, prévenir...* Hagarde, j'ai regardé Monsieur Romero avant de répondre,

— Je vis seule avec maman.

Affolé, subitement inquiet, impuissant, le directeur se tourna vers le policier.

— Anna, je suis venu t'apprendre une terrible nouvelle. Ta maman vient de nous quitter, petite. Elle est décédée. Une collision avec un camion lui a été fatale. Conduite immédiatement à l'hôpital, les médecins n'ont rien pu faire pour la sauver. Une enquête est ouverte bien entendu.

Mon cerveau refusait d'enregistrer la nouvelle mais tout mon corps s'est subitement mis à trembler sans contrôle. Larmes, sanglots sont venus m'étouffer. Je ne pouvais plus respirer. Le directeur me tendit un verre d'eau. Respectant mon chagrin, les deux hommes se sont faits discrets. L'agent se rapprocha pour me relever. Il me serra dans ses bras.

— Je dois te conduire à ton appartement, Anna, pour chercher ton livret de famille. Saurais-tu où il est par hasard ?

Un éclair de lucidité a faiblement éclairé ma nébuleuse.

— Non, je l'ignore. Maman m'a récemment montré un album photos où on voit ses parents. Je ne sais malheureusement pas où ils habitent.

— Ne t'inquiète pas ; la police est là pour t'aider. Nous allons les prévenir. Ce soir, tu ne dois pas rester seule. Je suppose que tu n'as pas très envie d'aller dans un foyer. Si tu veux, tu peux dormir chez moi. J'ai une fille de ton âge qui sera ravie de partager sa chambre. Elle a toujours rêvé d'avoir une sœur.

Soulagée d'éviter un placement, je l'ai suivi comme un automate. Posé sur la commode, l'album semblait nous attendre. Il renfermait bien le faire-part de ma naissance sur lequel figurait une adresse. Le policier s'en empara avant de me conduire chez lui. Souhaitant retourner rapidement au poste pour lancer son enquête, il me confia à sa femme Bénédicte. Leur fille, Flore, bouleversée, s'empressa de me laisser sa chambre.

Sous les couvertures, drap sur la tête, cherchant à fuir la réalité, j'ai laissé libre cours à ma peine. Une fois toutes les larmes de mon corps taries, épuisée, j'ai fini par m'endormir.

Au réveil, je ne savais plus que penser. Cauchemar ou réalité ?

Ouvrant les yeux sur cette chambre inconnue, la situation s'est rapidement imposée. Un coup discret à la porte réveilla toute mon angoisse. Bénédicte m'apportait le petit-déjeuner.

— Bonjour Anna. Flore est partie à l'école ce matin. Toi, tu vas rester avec moi. La gendarmerie a contacté tes grands-parents. Ils sont déjà en route et ne sauraient tarder. Si tu le souhaites, tu peux prendre une douche, la porte à droite en sortant. Il serait bon que tu manges un peu. Tu n'as rien avalé hier soir. Je te laisse le plateau. Fais un effort.

Espérant que j'allais suivre ses conseils, Bénédicte s'éclipsa discrètement.

Effrayée par l'idée de rencontrer mes grands-parents, je n'ai pas bougé, pas touché non plus au petit déjeuner. Dans ma tête tout n'était que confusion.

Maman, il est impossible que tu sois partie. Ne m'abandonne pas, je t'en prie ; j'ai besoin de toi.

Des bruits dans l'escalier m'ont subitement tirée de ma torpeur. J'ai sauté du lit au moment même où la porte s'ouvrait. Une femme, qui ne pouvait être que ma grand-mère, s'est approchée en prononçant des paroles incompréhensibles entremêlées de lourds sanglots. Serrée dans ses bras, tout contre son cœur, bercée comme un bébé, je me suis abandonnée pour laisser libre cours à ma peine. Des spasmes secouaient tout mon être.

— Doucement mon petit, ça va aller. On est là maintenant. Nous allons te reconduire chez toi ; nous y ferons plus ample connaissance.

J'opinai du chef, sans prononcer un seul mot. Sitôt arrivés à l'appartement, je me suis précipitée dans la chambre de maman. J'étais certaine qu'elle m'attendait. Dans ma tête tout se mélangeait.

Allongée sur son lit, j'ai cherché sa chaleur, ses caresses, ses rires, son parfum, refusant toujours de croire qu'elle m'avait définitivement quittée.

Mes grands-parents se sont faits discrets. J'ai entendu vaguement grand-père sortir, grand-mère s'affairer en cuisine avant de tomber dans les bras de Morphée.

Le sommeil est un refuge salvateur Anna dont il te faudra pourtant sortir pour affronter la réalité.

L'après-midi était déjà bien avancé quand une envie pressante me força à quitter le lit. Grand-mère n'attendait que ça.

—Viens manger, Anna. Tu n'es pas obligée de parler si tu n'en as pas envie mais tu dois te nourrir.

Je me suis approchée de la table comme un robot. Une assiette m'attendait.

— J'ai préparé une purée ; je peux te cuire un steak ou des œufs si tu préfères.

— Grand-mère, elle est où maman ?

— A l'hôpital ! Veux-tu la voir ?

— Non. Elle doit être couverte de sang… j'ai très peur du sang. Que va-t-il se passer ?

— Ton grand-père s'occupe des formalités. On en saura plus à son retour. Steak ou œufs ?

— Des œufs au plat, s'il te plaît.

Un sourire entendu a soudainement éclairé le visage débonnaire de grand-mère. Je la regardais s'affairer pour me satisfaire. Elle avait déjà pris possession des lieux, s'activait sans rien demander. Il était bon de la sentir proche. S'interrogeant sur l'après, je demandai,

— Que vais-je devenir quand vous serez partis ?

— Ne t'inquiète surtout pas, nous n'allons pas t'abandonner. Tu vas venir avec nous dans les Vosges. Tu seras bientôt légalement sous notre protection. Les débuts seront difficiles surtout avec le changement d'école mais on t'aidera. Le policier a dit que tu ne connaissais pas ton papa. Ma fille ne t'a jamais parlé de lui ?

Peu habituée au vocabulaire relationnel, le *ma fille* m'a surprise. *Elle me parlait d'Alice.*

— Non, je ne sais rien. Il y a peu, j'ignorais encore tout de vous. La semaine dernière, nous avions sélectionné des photos pour éditer un album souvenirs à vous envoyer. Nous venions de le recevoir. Attends, je vais le chercher. Maman tenait beaucoup à ce que nous fassions connaissance.

Le feuilletant, nos larmes mélangées ont rapidement inondé nos visages défaits. Assise sur les genoux de grand-mère, j'ai senti sa main caresser mes cheveux. Accrochées l'une à l'autre, unies dans notre étreinte, en symbiose avec nos états d'âme, l'obscurité a fini par nous envelopper. Sans chercher à nous en échapper, perdues dans nos pensées, le temps a glissé.

Allumant la lumière, grand-père nous fit sursauter. Nous ne l'avions pas entendu.

Intimement persuadée à ce moment précis, que mes grands-parents seraient toujours là pour moi, une paix intérieure s'installa. Peu importe ce que l'avenir me réservait, je ne serais pas seule.

Nous avons suivi le corbillard sur près de quatre cents kilomètres. Grand-père conduisait sa propre voiture. A l'arrière du véhicule, je regardais les paysages défiler. Personne ne parlait. Partis tôt le matin, nous ne nous sommes arrêtés qu'une fois arrivés devant l'église du village natal de maman. Une foule attendait. Un prêtre s'est approché de la voiture funéraire. Des hommes de noir vêtus ont sorti le cercueil. Après une rapide bénédiction du curé, nous sommes tous entrés à l'intérieur de l'édifice. Des chants à la vierge Marie ont résonné dans cet espace dédié à la prière, au recueillement. J'ai allumé une bougie, me suis désintéressée de la cérémonie trop fatiguée pour essayer de comprendre ce qui se passait.

La messe, la procession jusqu'au cimetière resteront à tout jamais un trou noir dans ma mémoire. Je n'ai retenu de cette très longue journée que les cris de grand-mère une fois le cercueil mis en terre.

Une tempête de neige, venue déposer des milliers de perles sur les couronnes de fleurs, mouillait tous les visages déjà ruisselant de larmes. C'était fini ! Adieu insouciance et légèreté.

J'ai ressenti une peur immense, celle de perdre l'image de maman à tout jamais.

Rassure-moi, murmurai-je anxieuse.

L'adaptation à ma nouvelle vie a été rapide dans cette commune proche d'Epinal où l'industrie textile occupait à la moitié du vingtième siècle une place prépondérante et florissante. Grand-mère guidait mes pas dans ceux d'Alice en me faisant découvrir ses endroits familiers et favoris.

Le canal, ses écluses m'ont immédiatement fascinée. J'aimais m'y attarder pour observer les bateaux monter ou descendre dans un sas étanche pour atteindre le même niveau que le cours d'eau. Les déplacements lents des péniches au fil de l'eau, chargées de cailloux, de sables retirés de la Moselle toute proche, m'hypnotisaient. Assise sur les berges, je rêvais à ma mère qui naviguait quelque part dans la grande galaxie. Certaines nuits étoilées, repérant une étoile brillant plus que toutes les autres, il me plaisait de croire que c'était maman qui m'adressait un clin d'œil pour me montrer qu'elle veillait toujours sur moi.

Dans son ancienne chambre, devenue mienne, je me sentais proche d'elle. Cet endroit renfermait beaucoup d'objets lui ayant appartenus, des livres surtout que je feuilletais inlassablement. J'ai fini par les connaitre par cœur. Quelques annotations au fil des pages, des petits mots ou feuilles glissées çà et là, étaient comme un dialogue tacite entre nous.

Plutôt habituée à vivre recluse dans notre appartement parisien, ma surprise fut grande de trouver ici une cordiale proximité avec tous les habitants du village. Beaucoup avaient connu ma mère jeune et m'avait adoptée en souvenir d'elle.

— La fille d'Alice ! Bien sûr, c'est fou ce qu'elles se ressemblent.

C'était vrai ; les photos me l'avaient depuis longtemps confirmé. Tous ignoraient cependant un tout petit détail secret, bien caché nous reliant l'une à l'autre pour l'éternité, une tache de naissance marron foncé en forme de petit cœur en haut du sein gauche que j'affectionnais particulièrement et caressais souvent. *Une marque de fabrication*, se plaisaient à dire mes grands-parents en souriant.

Grand-mère aimait raconter ses souvenirs. Je la laissais faire. Revivre son passé l'aidait sans doute à supporter le présent. Je profitais par là-même des anecdotes directement associées à ma mère.

— Cette agglomération, Anna, n'a pas toujours été ce qu'elle est aujourd'hui. Elle a connu une grande effervescence quand l'usine, dont il ne reste que les bâtiments, rassemblait des centaines d'ouvriers. Les allées-venues des changements d'équipes soulignés par le bruit strident des sirènes, rythmaient les journées de tous. Des commerces désormais disparus, se retrouvaient à chaque coin de rue : bistrot, boulangerie, épicerie, boucherie, mercerie, presse. De nombreuses fermes vendaient directement lait, œufs, volaille. Ces endroits étaient des lieux de rencontre privilégiés pour les habitants. On s'y attardait pour échanger. Chaque événement était connu de tous. On prenait soin les uns des autres. L'entraide existait vraiment. Tout ça a bel et bien disparu. Je t'ennuie à ressasser mes souvenirs mais le temps a passé si vite. Pour moi, c'était hier. Ce qui est certain, je ne le répèterai jamais assez, c'est combien nous sommes heureux de t'avoir avec nous. Chaque matin tu rayonnes et enrichis notre quotidien. Ta maman doit être fière de tes réussites. Elle nous a laissé un merveilleux cadeau.

Les journées, mois, années s'écoulèrent sereines sous la protection, l'amour inconditionnels de mes grands-parents. Ils me surprotégeaient, devançaient tous mes désirs avec bonté, abnégation.

Grand-père, expert-comptable travaillait dans un local attenant à la maison. Je le retrouvais souvent après l'école sachant qu'il affectionnait mes incursions. Pour me plaire, il écourtait parfois sa journée de labeur pour proposer promenades ou sorties à vélo le long du canal. Nous échangions sur tout. Puits de sciences intarissable, je le sollicitais souvent pour trouver réponses à mes interrogations. J'appréciais ces moments qui renforçaient notre complicité. Peu habituée à côtoyer la gent masculine, j'admirais sa prestance, sa virilité, son assurance. Rien ne le déstabilisait. Je me jurai intérieurement de trouver plus tard un compagnon de vie qui lui ressemble. Il était mon modèle d'homme idéal.

Grand-mère, institutrice à la retraite, s'occupait de moi à temps plein. Elle m'aidait dans ma scolarité, m'accompagnait dans mes activités extrascolaires. Toujours sur les routes, à me conduire à droite, à gauche, elle ne se plaignait jamais. Impressionnée par ses talents culinaires, intéressée et curieuse d'apprendre, il me plaisait de la rejoindre derrière ses fourneaux pour mettre la main à la pâte. Avec ma mère, c'était plutôt cuisine rapide, peu élaborée. Avec grand-mère, nous inventions des recettes improbables pour éblouir le maître de maison. Gourmand et gourmet, les plats n'étaient pas toujours à la hauteur de ses espérances. Nous en riions ensemble.

L'absence de mon père, évoquée une seule fois après l'enterrement, n'a plus jamais été abordée. Les papiers d'Alice n'ayant apporté aucun élément nouveau, grand-mère évoqua, comme pour s'en convaincre, la possibilité d'une rencontre au Canada, la date de l'accouchement pouvant étayer son hypothèse. Sans indice, les recherches s'avéraient inutiles.

Au fil des années, passionnée par le théâtre mais aussi par les sciences, j'ai baigné dans ces deux univers, sans jamais me décider à choisir entre mon hobby et mon cursus scolaire.

Inscrite à onze ans au conservatoire d'Epinal, j'ai suivi une formation théâtrale de haut niveau jusqu'à l'obtention de mon DET, diplôme d'études théâtrales mettant l'accent sur une créativité contemporaine, une pratique régulière des disciplines. Retenant facilement mes textes, je me voyais souvent confier de grands rôles quand ce n'était pas les premiers.

Endosser la peau de quelqu'un d'autre m'exaltait. Fil conducteur de mes émotions, je laissais libre cours à mes ressentis grandement perçus par des spectateurs enthousiastes.

En été, je suivais régulièrement des stages au théâtre de Bussang pour perfectionner mes jeux de scène. Dans cet endroit se côtoyaient amateurs et professionnels dans un savant mélange populaire et artistique. Le bâtiment en bois, largement plébiscité par un large public, offrait aux acteurs la possibilité de jouer sur un fond de scène ouvrant sur la nature. Ma capacité d'adaptation scénique développa mes qualités d'attention grandement utiles pour mon deuxième engouement.

Le monde du spectacle n'étant pas gage de réussite ni de longévité, sur les conseils de grand-père : *Avoir de bons bagages, Anna, est un plus,* j'assurai mon avenir en me tournant vers les sciences, investie d'une grande curiosité pour la recherche. Sans chercher à justifier mon choix, à dix-sept ans, j'optai pour des études d'Ingénieur Chimiste ; elles eurent le mérite de rassurer mes grands-parents. Sans doute la crainte de les perdre motiva-t-elle mes besoins d'investigations pour les maintenir en forme. La connaissance du génome dans les recherches de thérapies avancées, la fabrication de médicaments intelligents éveillaient ma curiosité et ma soif d'apprendre. Trouver des moyens de soigner des pathologies sans traitement pour une réponse individualisée me passionnait.

Formée pendant quatre ans pour œuvrer dans l'industrie à concevoir des composants du quotidien, innover et produire, j'ai terminé ma cinquième année d'études à Cardiff et Belfast. Perfectionner mon niveau d'anglais pour une compréhension maîtrisée de la langue anglo-saxonne se révélait indispensable pour analyser les revues scientifiques spécialisées, rédiger des articles et élaborer des documentations réglementées. Mes qualités personnelles de précision se conjuguaient parfaitement avec la rigueur de l'anglicisme.

Mes études terminées, au cours des vacances qui ont suivi, à vingt-deux ans tout juste, j'ai fait la connaissance de Jacopo, venu dans les Vosges comme saisonnier pour la récolte des mirabelles, l'or jaune de Lorraine.

Séduite par son physique d'athlète latino bien bronzé, ses yeux bleu électrique saisissants, je succombai rapidement à ses charmes et avances. Il semblait lire en moi comme dans un livre ouvert ; son empathie pour ma jeunesse sans père, la mort de ma mère m'allaient droit au cœur. Beau parleur, embobinée par son accent sicilien chantant, j'ai répondu comme une oie blanche à ses flatteries et avances.

Il ne plaisait pas à grand-père qui le disait sournois. Il me mettait régulièrement en garde, me demandant de bien réfléchir avant de m'engager. Il me jugea cependant suffisamment adulte et responsable pour prendre mes propres décisions. Je décidai de croire que sa réticence venait surtout du fait qu'il n'avait pas de métier sérieux.

Plutôt solitaire, l'envie de me confier à une amie proche ne m'avait jamais effleurée. Occupée par mes études, le théâtre, je n'avais pas non plus cherché à avoir de petit copain. Pour affirmer mon indépendance, je m'entêtai dans ma relation, consciente du fait qu'elle était loin d'être parfaite. Souvent mal à l'aise sans que je puisse en déterminer la raison, j'abandonnai mes doutes et incertitudes. Il était ma première relation sérieuse. Je m'y accrochais. Jacopo s'en amusait.

— A ton âge, pas un seul amoureux, tu me fais marcher…

Sensibilité et sensualité exacerbées, il m'entraîna sur le chemin des découvertes intimes. Mon corps électrisé répondait sans contrôle à ses avances. Je ne pouvais résister à ses assauts de désir, d'impatience mis sur le compte de la passion. J'existais pour autre chose que mon intelligence, mon sérieux. Il me disait belle, irrésistible ; j'avais besoin d'y croire. Mon cerveau m'envoyait des alertes que je repoussais, ignorais sciemment.

Le départ de Jacopo arrivant, trois mois après sa venue dans les Vosges, il m'invita au restaurant pour un déjeuner d'adieu. Malheureuse de le quitter, j'acceptai son invitation, renonçant à accompagner mes grands-parents en Alsace pour leur réapprovisionnement en bouteilles de vins blancs.

La veille de leur week-end, Jacopo se proposa de laver leur voiture, de faire le plein d'essence en reconnaissance des invitations et attentions prodiguées pendant son séjour. Grand-père déclina l'offre. Grand-mère, sans doute pour briser le climat glacial installé, accepta. Au petit matin, un véhicule rutilant, prêt, attendait à leur porte. A mon réveil un petit mot de mes grands-parents posé en évidence devant mon bol m'assurait de tout leur amour et me souhaitait une bonne journée.

Confortablement installés au Relais d'Alsace, nous nous apprêtions à attaquer notre dessert quand mon téléphone sonna. J'avais négligemment oublié de le mettre sur silence. Agacée, je m'apprêtais à l'éteindre quand Jacopo m'encouragea à décrocher.

— Tes grands-parents sont sur la route ; tu devrais répondre.

Subitement en alerte, j'ai appuyé sur la touche verte.

— Anna Vauthier ?

— Oui.

— Gendarmerie de Fraize. Nous venons de trouver votre numéro de téléphone dans le portable de Madame Vauthier Béatrice. Une parente ?

Je bégayai timidement,

— Oui, ma grand-mère. Pourquoi ?

— Un grave accident, Madame ; sa voiture, tombée dans un ravin, a pris feu. Le conducteur et la passagère éjectés n'ont pu être sauvés. Ils sont malheureusement décédés. Madame ?

J'ai tendu mon portable à Jacopo. Il a poursuivi la conversation. Je ne voulais rien savoir, surtout ne plus rien entendre. Je culpabilisais déjà de ne pas les avoir accompagnés. Jacopo raccrocha ; je l'écoutais sans rien enregistrer. Il se leva, je l'imitai.

— Ils vont être conduits à Épinal pour autopsies. Ils ouvrent une enquête. Tu en connaîtras les conclusions plus tard. Ils ont cependant peu d'espoir de trouver quelque chose. La voiture est entièrement carbonisée.

Un goût amer, épouvantable de déjà vu ; un retour en arrière. J'avais de nouveau dix ans ; j'étais aussi perdue et démunie qu'à la mort de maman. Effrayée par ce qui m'attendait, je me suis tournée vers la seule personne que je connaissais pour chercher appui et réconfort. Jacopo prit les choses en main, organisa les obsèques. Mes grands-parents ayant anticipé leur mort, tout avait été consigné chez Maître Boileau, notaire et ami de la famille. Il n'y avait qu'à suivre les instructions. Je me laissai diriger.

Après l'enterrement, Jacopo me proposa de le suivre à la capitale. Il insista fortement sur le fait qu'il n'était pas bon pour moi de rester seule dans mon chagrin, sans amis. Il me fit miroiter la chance que j'aurais de pouvoir suivre des stages de théâtre au cours Florent. C'était bien le dernier de mes soucis mais anéantie, j'acceptai de tout quitter.

J'ai confié la vente de la maison à Maître Boileau ; je me suis déchargée de l'obligation de la vider auprès d'un commissaire-priseur. J'ai rassemblé mes affaires, papiers dans deux grandes valises et confiante j'ai suivi le beau ténébreux.

J'avais gardé quelques souvenirs flous de ma jeunesse parisienne. Après le TGV et le métro, les gens, les bruits, les odeurs m'ont rapidement incommodée. J'avais hâte de me trouver à l'abri. L'appartement où Jacopo me conduisît dans le dix-huitième arrondissement, au quatrième et dernier étage d'un immeuble sans ascenseur, était triste et sombre. Du fond de ma mémoire est remontée la réminiscence du logement partagé autrefois avec ma mère, chaleureux et douillet. C'était loin d'être le cas. Une seule fenêtre donnait sur une arrière-cour. Un ameublement sommaire, un manque de confort évident et une absence totale de décoration faisaient plus penser à une tanière qu'à un nid d'amour. Aucun livre, tableau, photo, plante… Tout était nu, impersonnel.

Je regrettai immédiatement les beaux meubles laissés dans les Vosges principalement les deux fauteuils où mes grands-parents aimaient se reposer. Je pleurai silencieusement puis de gros sanglots sont venus m'étouffer.

— Comme tu peux aisément le constater, ce n'est pas ta maison bourgeoise ; que veux-tu, je n'ai pas tes moyens. Tu peux t'en aller. Profite, la porte est encore ouverte.

Je raccordai le ton détestable à mes pleurs qui manifestement l'agaçaient. Si j'avais pu anticiper je me serais précipitée pour saisir l'opportunité. L'offre était feinte ; il se doutait bien que déboussolée par mon deuil, je resterais. Je voulais me raccrocher à notre histoire, ne pas sombrer dans la morosité, la peur…

— Ça va aller ; je suis surprise voilà tout. Avec l'argent de l'héritage, nous arrangerons tout ça.

— Tu n'es pas encore installée que tu veux déjà tout changer. Vous, les femmes, vous êtes incorrigibles.

Excédé, il sortit, claqua la porte. Abasourdie, je ne savais plus que penser. Hébétée, j'ai regardé l'endroit où il venait de disparaître, pensant qu'il allait revenir, que c'était une blague… mais non, il était bel et bien parti.

Un rapide inventaire du logement, des placards s'avéra désastreux. Absolument rien, pas même un paquet de gâteaux à grignoter. Je m'apprêtais à aller acheter des provisions quand je réalisai que j'étais enfermée. Pour patienter, j'allumai la télévision, perdis la notion du temps. Toutes ces émotions m'avaient exténuée. Deux heures plus tard, il rentra, éméché, un sac kraft sous le bras qu'il balança sur la table. Le visage tordu, grimaçant, les yeux rétrécis, les lèvres pincées ne présageaient rien de bon. Il s'approcha de moi. Il sentait l'alcool. Ecœurée, je me suis écartée.

— Ma poulette, nous allons arroser ta venue. J'ai acheté des chips, du jambon, des bières. Demain tu me laisseras ta carte bleue ; j'irai faire des courses.

— Je t'accompagnerai. Il n'y a rien ici, pas même une boîte de conserve. A croire que tu ne pensais pas revenir.

Il ricana, prononça des paroles incompréhensibles... Effrayée, je me suis reculée... Ses mains ont emprisonné mes poignets. Il me bascula méchamment sur le lit. Dans ma tête, tout tourna ; j'essayais de me débattre quand subitement il relâcha son emprise. Je respirais mieux.

— Je ne vais pas te violer. Je n'ai aucune envie de toi. T'es plus nulle que je pensais. Je t'ai laissée une chance de partir, t'as choisi de rester. Assume. Donne ton téléphone.

— Non, pourquoi ?

Il visionna le Smartphone, s'en empara prestement avant de l'exploser sur le mur. Je n'avais pas eu le temps de réagir.

— Jacopo, que veux-tu ?

Envolés le charme, l'accent chantant. Ses lèvres ont esquivé un sourire grotesque qui me fit froid dans le dos. J'essayais de comprendre pourquoi il cherchait à m'isoler.

— Je vois que je dérange tes projets. Je comprends ! Tu n'es pas habitué à partager ton espace. Je vais aller à l'hôtel.

— Tu rêves si tu crois que t'es là pour tes beaux yeux !

Plus rien de séducteur, que des grimaces et tics nerveux.

— On est ici, tous les deux, pour attendre les nouvelles de ton notaire. Une fois qu'il aura viré l'argent de ton héritage sur ton compte, j'aviserai…

— Tu ne peux me retenir contre mon gré, voyons.

— C'est ce que tu penses ? Personne ne sait où tu es. A cet étage, aucun locataire ! Qui pourrait venir à ton secours, dis-moi ?

Mes larmes ruisselèrent de plus belle, la nausée montait.

— Arrête de chialer, tu me fatigues, dors. Je vais sur le canapé. Je n'ai pas besoin de t'entendre pleurnicher.

Emotionnellement éteinte, j'ai fini par m'endormir au petit matin. A mon réveil, j'étais seule. Je me suis dirigée vers la porte. Elle était évidemment fermée. Sous la douche, j'ai laissé longuement couler l'eau sur mes épaules, pour me débarrasser d'une saleté qui me collait à la peau, invisible. Elle me souillait au-dedans comme au-dehors. J'ai énergiquement frotté, frotté, frotté encore. Je me suis arrêtée quand j'ai commencé à sentir des brûlures sur mon corps. Des pétéchies rouges, violettes à fleur de peau m'effrayèrent. Je me laissai tomber à genoux, anéantie.

Après m'être habillée, j'ai cherché sans succès à ouvrir la fenêtre donnant sur la rue. Elle était condamnée. Condamnée ! La poignée tournait dans le vide.

Devant mon impuissance, j'ai tapé le mur de toutes mes forces, poings serrés. La vue du sang me stoppa. Prête à m'évanouir, je me suis ressaisie. Je devais absolument me sortir de là. Déterminée à m'enfuir, j'ai patienté, attendu que Jacopo rentre pour foncer sur la porte. Un tour de clef, j'ai bondi ; une seule idée en tête, quitter cet endroit de misère. Il me repoussa sans ménagement ; ma hanche heurta le coin de la table. Sous la douleur, j'ai hurlé. Il m'a giflée. Interdite, je l'ai regardé, tétanisée.

—Tu te calmes ou t'en veux d'autres ? Ici, c'est moi qui commande. Nous allons attendre, je te l'ai déjà dit… il serait préférable que tu acceptes. Allume la télé, ça va t'occuper. Je ne veux plus t'entendre. J'ai mes pronostics de courses à faire. Donne ta carte bleue.

— Tu peux toujours rêver !

Un éclair tueur traversa le bleu électrique de ses yeux. Il se rapprocha, poing tendu. J'ai attrapé mon sac, sorti ma gold, lui ai tendue.

— Voilà qui est beaucoup mieux. Finalement, tu comprends vite. T'as de la fraîche ?

— Non !

— Montre.

Il vida mon portefeuille des billets de banque que j'y avais glissés.

— T'as plus besoin de liquide ; je m'occupe de tout.

Chaque matin se répétait le même rituel. Il sortait tôt, revenait une ou deux heures plus tard, journaux sous le bras, sac de provisions rempli pour les repas du jour. Les après-midis, il disparaissait pour ne réapparaître que le soir. Son repas devait être maintenu au chaud, le couvert mis. Il ne me forçait pas à l'attendre. C'était le seul repas où je m'autorisais à manger normalement n'ayant pas sa face de rat en face de moi. Chaque trait de son visage m'était devenu insupportable. Devant ses sautes d'humeur imprévisibles, je demeurais sur le qui-vive. Les coups avaient remplacé les gifles. Les ecchymoses sur mon visage, mon corps témoignaient de leur violence. S'il avait gagné aux courses, il rentrait ivre, s'énervait de tout.

— Rien encore de ce vaurien de notaire ; il va finir par me rendre fou celui-là. Cette bouffe est plus qu'infecte. Même pas capable de cuisiner. Tu te disais prête à travailler dans la chimie. T'as du boulot, ma belle.

Il repoussait violemment l'assiette qui finissait sa course au sol. Il m'obligeait alors à ramasser en ricanant, m'insultant. Je ne réagissais plus, satisfaite de m'en sortir à si bon compte.

Chaque jour, il remontait le courrier. Sans l'ouvrir, après un rapide coup d'œil, il le jetait à la poubelle. Seule, je retirais les enveloppes des déchets, lisait à les connaître par cœur les missives toutes adressées à Mademoiselle Wagner en essayant de comprendre pourquoi elles arrivaient toujours à cette adresse surtout pourquoi il ne les renvoyait pas aux expéditeurs. Je dissimulai entre autres, sous le matelas des lettres de convocation d'un grand magasin parisien, une lettre de licenciement pour absences injustifiées, une échéance d'assurance habitation payée par prélèvement automatique, plusieurs relevés de compte, ne sachant qu'en faire sans pour autant vouloir les détruire. Si j'avais eu mon portable, j'aurais pu faire des recherches.

Jour après jour, Jacopo me dévalorisait. Je me sentais sale, inutile. Je me répétais en boucle que son intérêt ne dépassait pas le stade de mon argent. Que ferait-il une fois qu'il l'aurait touché ? Il dormait toujours sur le canapé, sans me toucher. Ça, c'était plutôt positif. Le reste, je pouvais encore le supporter. Je me flagellais de reproches.

Ma pauvre fille… Tu te dis intelligente, regarde où tu en es ! Comment vas-tu te sortir de cette situation ?

Prostrée dans ma douleur, il m'était impossible de faire mon deuil. Je revivais chaque jour l'accident de mes grands-parents essayant de comprendre ce qui avait pu arriver. Un animal, un éblouissement, un malaise, une défaillance mécanique ? Je m'interrogeais, pleurant le manque d'informations sur l'enquête en cours. Je m'étourdissais de souvenirs qui engourdissaient mon cerveau et m'éloignaient chaque jour un peu plus de la réalité.

Des envies de meurtre me prenaient alors. Je ne me reconnaissais plus. J'échafaudais des plans diaboliques, échappatoires qui avaient comme seul mérite de meubler mes journées et me laissaient rêver à une délivrance.

Un soir, rentré encore plus énervé que d'habitude, m'avilissant une nouvelle fois, il lança,

— Tu te regardes parfois ? Rien d'autre à faire que de t'occuper de toi et pourtant tu ressembles de plus en plus à un souillon avec ta tignasse de lionne blonde décolorée. Passe les ciseaux, je vais te rafraîchir. Tes cheveux naturels repousseront ; ce ne sera que mieux, crois-moi.

— Pas question que tu me touches.

— Donne ! Je ne demande pas ton avis.

Voyant les coups arriver, je me suis protégée. Animal maté, j'ai capitulé. Poussée à m'asseoir sur une chaise, il s'attaqua à ma chevelure. Je regardais épouvantée les mèches de cheveux tomber en cascade.

— T'as pas encore compris ? Tu te contenteras à l'avenir de faire ce que je te dis. Voilà qui est mieux ! Tu gagneras du temps pour te coiffer.

Quatre longs mois passèrent sans nouvelle de Maître Boileau. Une fin de matinée, excédé, Jacopo me tendit son portable.

— Tu vas appeler le notaire, lui demander de te verser une avance. J'en ai plus qu'assez d'attendre.

Une folle envie de le défier me gagna sans que je cherche à en mesurer les conséquences. Je ne pus réprimer mon besoin de le braver.

— Je n'appellerai pas. De toute façon ça ne servirait à rien. Une fois terminée la succession, l'argent sera porté au crédit du compte épargne ouvert par mes grands-parents à la mort de maman. Je ne peux y faire aucun retrait en ligne. Il est bloqué.

— Qu'est-ce-que c'est que cette nouvelle histoire ?

— Tu crois avoir des droits sur moi, tu rêves ! Je n'appartiens à personne. Tu ne toucheras rien ; autant me rendre ma liberté.

Fou de rage, Jacopo saisit la poêle qui séchait dans l'égouttoir. Complètement déchaîné, il s'acharna à me détruire. Une avalanche de coups me fit chuter. Au sol, il me talonna de violentes rafales dans la tête, le ventre... Torturée par des élancements aigus, les yeux, la bouche, le nez remplis de sang, aveuglée, la respiration coupée, je l'entendis hurler,

— T'en profiteras pas de ton fric, tu seras morte avant.

Il retourna mon bras pour dégager la porte. J'ai senti mes os craquer, ma vie s'échapper.

J'ai emprunté le couloir de la mort. Dans le tunnel où j'avançais j'ai aperçu maman, grand-père, grand-mère... J'allais les rejoindre quand un claquement vif se fit entendre. La porte où ils m'attendaient s'est refermée. Un son strident a alors envahi tout l'espace.

Seule, noyée dans ma tourmente, j'ai cessé de respirer.

Chirurgien, psychologue ont donné leur consentement pour l'interrogatoire. Deux policiers, l'inspecteur Bonnefoy et un collègue se sont présentés pour enregistrer ma déposition. Avant de porter plainte, j'ai insisté pour savoir comment j'avais été secourue.

— Le propriétaire de l'appartement venu pour sa visite annuelle, bousculé dans l'escalier par un homme couvert de sang, s'est empressé de gagner le logement de sa locataire Mademoiselle Wagner. Sur place, sans comprendre ce que vous faisiez là, découvrant votre état, il a immédiatement appelé le SAMU, la police. Inutile de préciser que vous lui devez une fière chandelle. Sans lui, Dieu seul sait où vous seriez aujourd'hui. A son arrivée, devant votre absence de réaction, l'urgentiste vous a crue morte. Il a tenté une opération de dernière chance, une piqûre en plein cœur. Un soubresaut, une respiration l'ont rassuré ; il a demandé immédiatement votre transfert dans l'hôpital le plus proche. Je constate avec bonheur et soulagement que vous avez bien récupéré ; je m'en réjouis très sincèrement.

— Merci, Messieurs. Le parcours de soins n'a pas été des plus faciles ; les cicatrices ne sont malheureusement pas toutes indélébiles. Excusez-moi, mais vous venez de prononcer le nom de Mademoiselle Wagner ? Elle n'habitait plus là. C'est Jacopo qui louait le logement.

— Non, le loyer a toujours été payé par Mademoiselle Wagner. Vous ne l'avez jamais rencontrée ?

— Jamais.

—Nous avons lancé des recherches ; elle reste introuvable. Les mensualités par prélèvements automatiques, n'ont jamais été interrompues. Après sa visite, le propriétaire nous a signalé que beaucoup de choses avaient disparu : tableaux, livres, tapis… il ne reste que ce qui a servi de base à la location.

— Les lettres m'ont toujours intriguée.

— Quelles lettres, Anna ?

—Celles que Jacopo remontait et balançait systématiquement à la poubelle ; je les ai toutes gardées, cachées sous le matelas. Où pensez-vous que cette femme puisse être aujourd'hui ?

— Tout comme vous, on aimerait bien le savoir. Il lui est sans doute arrivé malheur. Votre persécuteur en est très certainement le responsable. Nous ne savons hélas où chercher. Aucun avis de disparition, aucune morgue n'a de corps répondant à son signalement. Le propriétaire nous a remis une photo. Nous la faisons circuler dans tous nos services. Qu'avez-vous à nous dire sur votre séquestration ? En connaissez-vous la raison ? Les médecins nous ont rapporté la violence des coups. Tout a déjà été consigné dans notre rapport. Votre version est indispensable pour faire avancer notre enquête.

J'ai rapporté aux deux policiers ma rencontre avec Jacopo, la mort accidentelle de mes grands-parents, mes cinq mois de détention dans l'attente de mon héritage, son pétage de plomb une fois informé qu'il ne toucherait pas un centime.

—Nous avons lancé un avis de recherche avec malheureusement peu d'éléments. En cavale, votre plainte reste déterminante pour l'arrêter. Les scellés levés, les relevés d'empreintes et de sang terminés, nous pourrons vous accompagner quand vous vous sentirez mieux pour récupérer vos effets personnels.

— Je ne retournerai jamais là-bas.

— Nous nous en chargerons. Une policière vous les déposera.

— Merci. J'accepte avec reconnaissance, Messieurs. J'ai réfléchi à ma situation et j'ai l'intention de demander un changement d'identité. Cela est-il possible ?

— Bien entendu. La loi vous protège, Anna. L'article 61 du Code civil dispose que *toute personne qui justifie d'un intérêt légitime peut demander à changer de nom.* Victime de graves violences, l'appareil judiciaire a les moyens de vous aider pour prendre un nouveau départ. Vous vous choisissez un nouveau nom, faites légaliser le formulaire approprié par un notaire puis vous le déposez chez un greffier au palais de justice. Votre demande sera alors soumise à l'appréciation d'un juge. Vous aurez à vous présenter à une audience pour répondre aux questions posées et aux raisons qui la motivent. Si le juge approuve votre requête, une ordonnance du tribunal vous sera adressée vous autorisant à changer de nom. Tous les documents légaux devront alors être mis à jour. Le parcours est éprouvant. Préparez-vous à tout recommencer à zéro sans pouvoir vous appuyer sur aucune référence personnelle ni professionnelle. Exercez-vous aux fausses histoires à raconter à votre sujet. Vous serez tenue de rester discrète. Pensez-vous pouvoir y arriver ? C'est très lourd.

—Certainement. Je n'ai plus aucune famille. J'envisage de partir à l'étranger. Le Canada m'attire. Dans mon domaine, ce pays à la pointe de la recherche m'offrira sans problème un travail d'ingénieur chimiste. C'est du moins ce que j'espère. J'éloignerai ainsi le risque de tomber sur mon tortionnaire.

— Avant de vous envoler, Anna, laissez vos coordonnées à votre notaire. Nous aurons certainement besoin un jour de vous contacter. Jacopo Ricci est dans la base de données d'Interpol. Nous espérons qu'il ne s'agit pas d'une fausse identité. Cent quatre-vingt-quinze pays membres ont son signalement : nom, empreintes, passeport… Nous allons y ajouter la photo que vous venez de nous confier. Un criminel récidive toujours. Soyez prudente et bonne chance pour votre futur.

Après le départ des hommes de loi, j'ai commencé à rechercher, en pleine conscience, un nouvel état civil. J'en suis rapidement venue à la conclusion que je devais absolument garder les mêmes initiales que ma carte d'identité pour pouvoir booster mon CV des articles scientifiques rédigés et parafés pendant ma formation. De plus, elles étaient les mêmes que ma mère, je ne voulais en changer pour rien au monde.

J'ai choisi mes nouveaux nom et prénom, accompli les démarches nécessaires. Il me fallait attendre et patienter jusqu'à la décision du juge en espérant que ce ne soit pas trop long.

En quittant l'hôpital j'ai repris espoir. J'avais des projets plein la tête. Cependant, peu vaillante de me retrouver seule dans la rue, j'ai accepté avec reconnaissance la proposition d'un infirmier de m'accompagner à la gare.

Un prédateur peut-il oublier sa proie ?

J'avais besoin d'y croire sans être pour autant rassurée.

Maître Boileau m'a déniché une retraite paisible et confortable dans les Vosges pour me refaire une santé et meubler l'attente de mes nouveaux papiers.

Sortir de ma bulle de protection m'effraye. Pour moi, rien ne sera jamais plus comme avant. Comment pourrais-je un jour faire confiance à quelqu'un ? Mon cerveau constamment en éveil me fait sursauter au moindre bruit. Progressivement habituée à ma nouvelle tête, je pleure intérieurement la perte de ressemblance avec ma mère. Mon nouveau physique, garant de mon avenir, me protège de toutes nouvelles attaques de mon tortionnaire comme je l'espère bientôt mon nouvel état civil.

Des lustres semblent s'être écoulés depuis la mort de mes grands-parents ; pourtant un an à peine ! Dans le TGV qui me conduit à Épinal, je pense à mes proches. Tourner la page n'est pas sans conséquence. Je serai bientôt morte, sur le papier du moins. Je me sens doublement orpheline.

Sur le quai, je repère rapidement Maître Boileau. Le ruban fuchsia accroché à ma valise lui permet de me localiser.

— Anna, quel bonheur. Tu es méconnaissable mais tout aussi magnifique. Comment vas-tu mon Petit.

— Physiquement mieux mais je reste toujours très angoissée.

— Je comprends. Il faut que tu reprennes confiance. Tu as eu ton lot d'épreuves. Tu es jeune. Tu te dois de rebondir. Tu as ta vie à construire. J'ai pensé que tu aimerais peut-être te recueillir sur la tombe de tes proches. Je peux t'y conduire, si tu le souhaites.

— Merci de me le proposer, Maître ; je n'aurais pas osé le demander.

— Je connais ta famille depuis longtemps ; leur rendre une petite visite me convient aussi. Donne ta valise.

— Avez-vous des nouvelles de la police sur les circonstances de l'accident ?

— Non rien de précis. J'ai appelé la gendarmerie de Fraize récemment. Les conclusions sur les investigations menées sont aléatoires, la voiture ayant pris feu, il est difficile de trouver des indices mais les policiers n'abandonnent pas et ne laissent rien au hasard.

Le cimetière du village a été récemment mis au vert ; une pelouse remplace les gravillons. L'endroit est beaucoup moins impressionnant que dans mes souvenirs.

— La municipalité cherche ici à offrir un repos éternel écologique peu coûteux comme cela se pratique déjà en Angleterre et aux Etats-Unis. Rassure-toi, le caveau de ta famille restera comme il est. Je m'y engage personnellement. Je le ferai entretenir après ton départ.

J'apprécie ce moment de recueillement. Lire le nom, inscrit en lettres d'or sur la stèle du monument funéraire, me bouleverse sachant qu'il ne sera bientôt plus mien. Du dernier maillon de la chaîne, plus aucune trace. Comment me pardonner cet abandon ? Si j'avais respecté les mises en garde de grand-père, rien de tout cela ne serait arrivé.

Le lieu choisi par Maître Boileau pour ma retraite est un ancien couvent dissimulé en pleine campagne, à l'entrée d'un sous-bois. On accède au bâtiment par une longue allée pavée, bordée d'arbres fruitiers. La bâtisse en V et la symétrie répétitive des fenêtres sur trois étages renvoient une image austère mais une fois la grande porte franchie, on débouche sur une cour intérieure ceinturée par des arcades en pierre blanche menant à un jardin de curé parfaitement structuré avec potager, vigne, groseilliers, plantes médicinales. L'endroit bucolique, paisible, verdoyant donne immédiatement envie d'y déposer sa valise pour venir y travailler la terre. Cependant, tout est déjà tiré au cordeau ; pas une seule mauvaise herbe à arracher. Difficile d'y ajouter sa patte !

— Anna, vas-tu te plaire ici ? L'endroit est retiré mais conforme à ton souhait.

— Parfait Maître. Allons saluer le Directeur, régulariser mon admission. J'ai hâte de me reposer. Toutes ces émotions m'ont fatiguée.

— Pierre nous attend. Je le connais bien. Il va vous plaire, vous verrez.

L'intérieur, mélange savant d'authenticité rustique et de modernité laisse filtrer une luminosité feutrée qui apporte des jeux d'ombre et de lumière sur les murs blanchis à la chaux.

— Bienvenue, jeune fille. Maître Boileau m'a déjà rapporté tout ce que j'ai jugé utile de connaître. On ne va donc pas s'éterniser sur des formalités administratives. Ici, croyants, non-croyants se côtoient sans distinction particulière. Seulement trois obligations à respecter : le silence, les horaires des repas, des offices, si vous pratiquez. Pour le reste vous organisez vos journées à votre guise. Accordez-vous une parenthèse, un temps de calme, de réflexion, de méditation. Dans cette vallée verte, plusieurs randonnées pédestres, toutes balisées, n'attendent que votre bon vouloir. Les chambres, vous le constaterez, sont spartiates mais toutes équipées d'une douche, d'un bureau, d'un bon lit. Une bibliothèque, riche de vingt mille livres, est à votre disposition au deuxième étage. Pas de téléphone ; des ordinateurs en cas d'absolue nécessité. Avez-vous des questions ?

— L'envie de caracoler me prend déjà. Je n'ai hélas aucun équipement sportif. Je viens de l'hôpital.

— Vous pouvez commander sur Internet, vous faire livrer. Vous n'êtes pas en prison, Anna.

— Merci. Je l'avais compris. C'est l'endroit idéal pour attendre l'ordonnance du juge. Un temps d'adaptation va m'être nécessaire pour reprendre un semblant de normalité, si j'y arrive.

Nez collé à la fenêtre de ma chambre, troisième et dernier étage du bâtiment, j'admire inlassablement le paysage. Au loin, une rivière sillonne les vertes prairies ; à l'horizon un avion vient de tracer une longue ligne blanche dans le bleu azuré du ciel. Une route bien droite comme j'ose imaginer la mienne dans un proche avenir. Un couple de pigeons, dans le cèdre tout proche, roucoule de concert. J'observe leurs allées-venues à la recherche de nourriture pour leurs petits.

Observant la beauté de la nature après la noirceur des jours passés, j'ose rêver à un futur prometteur. Je me dois de reprendre goût à la vie même si le chemin risque d'être long.

Pierre, venu frapper à ma porte, me tend cérémonieusement une lettre, celle attendue depuis trois mois. Il est aussi impatient que moi d'en connaître le contenu.

— Il ne fallait pas vous déranger.

— Je connais l'importance de ce courrier Anna. Si vous le permettez, j'attends.

J'ouvre l'enveloppe sans pouvoir contrôler mes tremblements de mains. Je balaie les mots rapidement. Mes yeux comme aimantés se posent sur ce qu'ils cherchaient, l'essentiel,

Avis favorable.

— Pierre, c'est accepté. Je me présente aujourd'hui à vous sous mon nouveau nom, Aude Verdier. Je fais officiellement mon deuil d'Anna Vauthier. Souhaitez-moi bonne chance sous cette nouvelle identité. Je vais en avoir grand besoin. Restent encore deux formalités et je ne serai plus que l'ombre de moi-même. Maître Boileau va s'occuper de l'état civil, moi du passeport. Cela va prendre encore un peu de temps. Le Canada va devoir attendre.

— Je m'en réjouis égoïstement. Encore quelques parties d'échecs en perspective. Ne croyez pas vous en tirer à si bon compte. Le grand air vous a fait le plus grand bien. Vous êtes resplendissante Mademoiselle et ce nouveau prénom, Aude, vous sied à merveille.

— Merci, Pierre. Il est vrai que j'ai bien récupéré. J'aborde ce changement avec optimisme. J'ai déjà répertorié une liste d'instituts de recherche en santé, de laboratoires privés. Je vais désormais pouvoir envoyer mes mails de candidature. J'attendais juste l'autorisation du juge pour agir.

Les propositions de travail ont rapidement afflué. Je n'ai eu, en vrai, que l'embarras du choix. La génétique et la pharmacogénétique, en pleine évolution au Canada, me laissaient présager des recherches avancées d'où mon intérêt. Apporter des bienfaits pour la santé restant mes motivations majeures, je vais prendre le temps nécessaire pour faire mon choix. Des tests simples permettent aujourd'hui de définir les bons traitements pour tout un chacun mais restent encore méconnus, peu usités à l'exception de ce pays précurseur et visionnaire.

Je pensais ma jeunesse, mon inexpérience freins à mon embauche mais il n'en est rien, c'est tout le contraire. L'engouement pour me recruter présage une intégration rapide dans ce nouveau monde. Le dédommagement versé par l'assurance du conducteur responsable de la mort de maman et mon héritage me laissent à l'abri de tout souci financier. Je pars avec un capital non négligeable.

Mon départ, fuite vers l'oubli, me donnera-t-il une chance de me reconstruire ? Je l'espère sans trop y croire.

J'ai listé, coché les qualités requises pour mon nouvel emploi : rigueur, organisation, autonomie, curiosité, esprit d'équipe pour un poste de recherche fondamentale clinique de soins innovants dans des maladies à prédispositions génétiques fréquentes de l'enfance à l'âge adulte. J'ai accepté en finale la proposition d'un laboratoire privé de Vancouver.

Dans l'avion qui me transporte dans ce port de la côte ouest de la Colombie-Britannique, je fais mes adieux à la France. Par le hublot je regarde une dernière fois les paysages verdoyants défiler. L'avion perce les nuages et me projette dans un flou artistique. Huit mille kilomètres, dix heures de vol avant d'atteindre l'aéroport international YVR sur l'île de la mer, municipalité de Richmond, sur l'océan Pacifique. Un chauffeur mandaté par le laboratoire m'attendait. Encore douze kilomètres avant d'atteindre un hôtel du centre-ville où une chambre avait été réservée. Le labo a déployé tous les moyens pour m'attirer ; je suis flattée, impatiente de commencer. L'oisiveté commençait à me peser.

Vancouver surnommée par certains la Ville de Verre, la Hollywood du Nord ou encore la Silicone Valley du Canada bénéficie d'un climat doux toute l'année, d'un environnement exceptionnel entre mer et montagne, d'une scène théâtrale vivante, de l'anglais comme langue officielle. Des atouts majeurs qui ont motivé ma décision. Noyée dans une population de plus de six cent mille habitants, je serai invisible, protégée, définitivement anonyme.

En quête d'un logement pas trop éloigné de mon lieu de travail tout en restant proche du centre pour profiter au maximum des services offerts, ma surprise est totale apprenant que des appartements à loyers modérés sont réservés pour le personnel dans différents quartiers de la ville. J'ai trouvé rapidement mon bonheur, un espace bien à moi, un trois pièces meublé à Gastown, haut lieu emblématique sillonné de rues pavées, de bâtiments victoriens, de nombreuses boutiques et galeries… un lieu chargé d'histoire.

A six minutes en bus, douze minutes à pied de Downtown, mon lieu de travail, je n'aurai aucune excuse pour arriver en retard.

Un peu dépaysée au début, rapidement séduite par des paysages à couper le souffle, des forêts immenses à la végétation luxuriante parallèles à une vie urbaine intense, je me suis sentie rapidement en accord avec ma nouvelle vie.

Quelques temps après ma prise de marques, une affiche publicitaire annonçant une représentation théâtrale attira mon attention. J'ai réservé immédiatement une place. Conquise par la pièce, revivant ma passion de toujours, j'ai demandé un rendez-vous au directeur de ce théâtre indépendant pour proposer mes services. Ma motivation de transmettre, mon bénévolat pour donner des cours d'art dramatique à des enfants demandeurs l'ont immédiatement séduit. Formalités réduites, engagée sur le champ, plages horaires adaptées pour préserver mon job, quartier libre pour l'enseignement et les spectacles, que demander de plus ?

— Nous avons aussi des demandes pour un cours d'adultes, si vous êtes intéressée…

De nouveau un trait d'union entre mon hobby et mon métier. La vie n'est en fait qu'un éternel recommencement…

Mon groupe d'enfants demandeurs et motivés venaient tous de milieux ethniques différents. La ville cosmopolite, cinquante pour cent de chinois, philippins, coréens, japonais, latinos… me fit d'emblée ressortir l'opportunité d'une telle richesse. Sous une influence asiatique omniprésente, créer un spectacle interrelationnel entre l'Occident et l'Orient m'a immédiatement séduite. Mêler lettres, musique, danse, peinture, jeu martial me fascinait. J'avais beaucoup à découvrir sur la stylisation, la symbolisation du théâtre chinois. Pour m'initier, j'ai fait appel à une élève du *cours pour adultes*, finalement ouvert, la douce Meili. Dans la représentation théâtrale traditionnelle chinoise chaque détail a son importance : jeux de rôles, typisation du maquillage, symbolisation du décor, des accessoires, stylisation du jeu scénique. Savoir adapter, créer un spectacle pour tous représentait un véritable challenge … Inspirée de Cao Yu, écrivain et dramaturge chinois, je me suis servie de sa pièce *l'Orage*, pour créer un spectacle dansant et chantant. Textes adaptés, visages peints, masques, jeu de manchettes en soie blanche finirent par transporter les spectateurs dans un monde féerique, riche en couleurs.

Les représentations programmées sur un mois, en matinée des week-ends pour respecter les droits des enfants remportèrent un succès, bien au-delà de mes espérances. La confiance du directeur, désormais totale, me laissa carte blanche pour poursuivre mon enseignement.

J'avais de nouveau deux vies pour meubler mes soirées solitaires, occulter mes souvenirs.

Badge en main, je m'apprête à prendre l'ascenseur pour me rendre aux étages. Tenue à l'écart par le garde du corps du P.D.G j'allais manifester ma mauvaise humeur quand ce dernier s'excusa.

— Pardon Mademoiselle, un instant. Monsieur, vous pouvez entrer.

J'ai attendu, suivi.

— Quel étage pour vous ?

— Dixième !

J'observais les deux hommes dans la glace. Le plus âgé surprit mon regard.

— Mademoiselle ?

— Aude Verdier, Monsieur.

— Vous êtes dans la recherche, quel domaine ?

— Le génome.

— Depuis longtemps ?

— Deux ans, Monsieur.

— Vous vous plaisez chez nous ?

— Beaucoup, Mon…

Un bip interrompit ma réponse. J'étais arrivée. Le boss se rendait au quinzième là où sont installés les bureaux de la direction, les salles de conférences, le restaurant d'affaires.

J'ai salué en sortant.

— Au plaisir, Mademoiselle Verdier.

Rencontre inopinée avec mon Patron. Une première depuis mon arrivée. Faut dire que je ne m'attardais jamais dans les locaux refusant catégoriquement toutes invitations, m'interdisant de lier des liens trop personnels par crainte de dévoiler quelques indiscrétions pouvant me causer du tort.

Sa simplicité me plut. J'avais déjà vu sa photo sur des revues scientifiques, que nous faisait suivre le service documentation, sans jamais m'attarder sur aucune. Aujourd'hui, mettre une image plus personnelle sur le nom de Monsieur Alexander Lavoie, m'intéressait. Petite cinquantaine, bel homme, allure athlétique, cheveux grisonnants, yeux pétillants… il ne devait laisser personne indifférent.

Quelques jours après cette rencontre, quittant mon travail, j'aperçois le garde du corps qui fait les cents pas dans le SAS d'entrée. En tenue décontractée, j'avais bien failli ne pas le reconnaître. Il avait tronqué son costume cravate, souliers cuir, pour un Sweat-shirt, un jean et des baskets. Il me parut tout de suite beaucoup plus sympathique, sans son habit d'apparat. Il s'avança vers moi. Surprise, je l'interrogeai du regard.

— Bonsoir, Mademoiselle Verdier. Seth Delaunay. Puis-je vous offrir un verre ? J'ai quartier libre ce soir. Passer un peu de temps en votre compagnie me plairait. Vous pouvez refuser, bien entendu. Je ne suis pas en mission officielle.

En laissant tomber son costume de bodyguard, il avait pris beaucoup d'assurance. Méfiante, je m'apprêtais à décliner l'offre quand il ajouta,

— Je suis l'oncle de Brent ; il est élève dans votre cours de théâtre. Comme il n'arrête pas de parler de vous, après notre rencontre inopinée dans l'ascenseur, j'ai ressenti l'envie de mieux vous connaître.

— Merci de votre intérêt, Monsieur Delaunay. Votre neveu est un garçon prometteur, très à l'écoute, entreprenant.

— Appelez-moi Seth, je vous en prie. J'ai vu la pièce que vous avez mise au point pour les enfants. C'était grandiose cette juxtaposition des cultures. Toutes mes félicitations.

— Ravie que le spectacle vous ait plu.

— C'était une représentation pétillante, bien menée, chacun s'exprimant avec aisance. Certainement beaucoup de travail en amont. Tout le mérite vous revient.

Branchée théâtre, difficile de m'arrêter. Il m'emboîta le pas pour poursuivre la conversation. Arrivés devant un bar, il réitéra son invitation.

— Voulez-vous boire quelque chose ?

J'ai finalement acquiescé.

— Brent, le fils de ma sœur Jessica, a pris beaucoup d'assurance depuis qu'il adhère à votre enseignement. D'un naturel timide, il avait tendance à s'effacer et n'avait que peu d'amis. Ses résultats scolaires se sont considérablement améliorés ces derniers temps. Ma sœur s'en réjouit, vous en attribue tout le mérite. Ça vaut bien un verre, je vous l'assure. Je pourrai lui dire que je vous ai remercié en son nom.

— Le théâtre est pour beaucoup une échappatoire ; il offre à chacun la possibilité de se révéler. Endossant un rôle, ce n'est pas vous que le spectateur voit mais le personnage que vous incarnez. Ainsi délivré des aprioris, vous donnez le meilleur de vous-même, vous libérant de toutes inhibitions.

— Je veux bien vous croire ; c'est ce que je ressens chaque jour en enfilant ma tenue de garde du corps. Je me dis : *je ne suis pas cet homme-là mais je dois donner le change*. Je reste très différent de l'image que je renvoie, croyez-moi. Peut-être aurez-vous l'occasion de vous en rendre compte si vous m'accordez la chance de vous revoir.

— Vous savez, il faut parfois si peu de chose pour changer une personne… on ne doit jamais porter un jugement trop hâtif ; la méfiance doit toujours rester de mise.

Après deux, trois bières, Seth commanda des burgers, histoire d'éponger un peu. Peu habituée à boire, j'étais légèrement grisée. Il proposa de me raccompagner.

— Je vois que vous n'avez pas l'habitude de consommer de l'alcool. Je suis désolé de vous avoir entraînée.

— Il faut savoir parfois se lâcher un peu…

— Tout à fait d'accord.

Me quittant, il lance,

—J'espère partager une autre soirée avec vous. C'était vraiment très agréable.

Pour la première fois depuis bien longtemps j'avais oublié mes inquiétudes, ma méfiance. Je me sentais libre, légère, l'alcool sans doute…

Seth m'avait beaucoup parlé de son métier que je connaissais peu. Prévenir les attaques, anticiper les situations embarrassantes, éviter tout accident, se faire oublier tout en restant vigilant, ne devaient pas être de tout repos. Il était taillé pour : carrure imposante, athlétique. Adepte des arts martiaux, du tir, on remarquait vite son esprit vif, ses capacités d'adaptation. De sa fonction militaire, il avait gardé son côté rigoureux, respectueux de la hiérarchie. Disponible rapidement pour son patron, il ne bénéficiait que d'une demi-journée de break par semaine. J'étais flattée qu'il ait choisi de la passer en ma compagnie. Bel homme, il ne passait certes pas inaperçu. Son visage carré, volontaire, coupe de cheveux adaptée, donnait à ce beau brun aux pommettes hautes une détermination marquée atténuée par un sourire enjôleur, caressant. Ses grands yeux bruns ourlés de longs cils adoucissaient son regard et vous envoyaient comme une caresse flatteuse, troublante quand ils se posaient sur vous.

L'habitude de profiter ensemble de sa soirée de liberté s'installa rapidement entre nous. Les distractions à Vancouver ne manquaient pas. Pour profiter de la nature luxuriante environnante, nous arpentions régulièrement le jardin botanique ouvert toute l'année, les plages, le port. En chemin nous achetions des produits frais de producteurs locaux souvent partagés en pause dînatoire en bord de mer, sur des bancs, juste pour prolonger nos soirées. Quand le temps était maussade, nous nous rendions dans les bars branchés parfois dans les restaurants de Yaletown. Nous parlions de tout, de rien en évitant d'aborder le passé. Seth essayait souvent de me pousser aux confidences. Elles n'étaient pas encore à l'ordre du jour. Il évoquait avec respect, sans retenue sa relation quasi-filiale avec son boss, ami de son père, qu'il connaissait depuis sa plus tendre enfance.

— Le couple n'a jamais eu d'enfants ?

— Non, Alexander a souffert d'un cancer thyroïdien l'année de ses vingt-deux ans qui a entraîné chez lui une infertilité masculine. Deux années difficiles ont mis fin à ses études de médecine. Une fois la rémission confirmée il s'est tourné vers la pharmacologie, pour suivre la voie tracée par son paternel. Il a fait prospérer le laboratoire, accentuant les recherches sur la génétique. Son rêve de donner à chacun la possibilité de combattre sa maladie est son sacerdoce. Barbara, son épouse et amie de toujours l'a accompagné et soutenu pendant ses longues années de galère. Même si leur union était une évidence pour tous, elle a beaucoup tardé.

La vie n'est vraiment pas équitable. Seth avait pratiquement deux pères, alors que moi j'avais toujours rêvé d'en avoir un.

A l'approche de Thanksgiving, appelé aussi ici Turkey day, le deuxième lundi du mois d'octobre, tous mes collègues évoquent leur menu de fête rivalisant d'anecdotes personnelles plus ou moins croustillantes. Sans famille, à l'approche des fêtes, je ressens doublement mon isolement. Seth me surprend en me lançant son invitation.

— Ma famille se retrouve chaque année à Kelowna pour Thanksgiving. Ma mère, harcelée par Jessica, m'a instamment prié de te convier. S'il te plaît, Aude, accepte. Tu vas faire des heureux, moi en premier. Passer ces deux jours de congés exceptionnels avec toi m'enchante déjà. Je te ferai découvrir et goûter le vin du vignoble familial. Certes, il ne rivalise pas avec les Grands Crus de Bourgogne mais il est bon. Alexander me confie sa BMW ; les cinq heures de route ne devraient pas être trop fatigantes. Nous longerons le lac Okanagan, ses collines ondulantes, ses vergers luxuriants. Avec de la chance, sous l'effet d'un euphorisant, il se pourrait même que nous apercevions le légendaire Ogopogo, notre serpent du lac. Quoi, tu ne connais pas ? Toi qui as visité l'Ecosse, c'est notre Nessie, notre monstre du Loch Ness.

Comment refuser pareille proposition ? J'ai accepté évidemment et attendu le jour J avec une réelle impatience. Je ne m'étais jamais trop éloignée de Vancouver. Découvrir de nouveaux paysages allait me faire le plus grand bien.

J'appréhendais quelque peu ma rencontre avec la grande famille de Seth : Emma la mère, Zachary le père, Jessica la sœur, le frère Jack, les nièces, neveux, beau-frère, belle-sœur. Enfant unique, une réunion de cette envergure me paralysait.

Un déjeuner en bord du lac après trois heures de route, sous une température exceptionnelle de 20 degrés, m'a vite fait oublier mes appréhensions. Tous les ingrédients étaient réunis pour que ce voyage soit exceptionnel. J'ai abandonné mon long trench coat noir pour sentir la caresse des derniers rayons de soleil sur ma peau. Sereine et détendue, en harmonie complète avec la nature, j'ai baissé ma garde.

Seth, comme à son habitude, d'excellente compagnie me conta quelques anecdotes sur ses proches me familiarisant ainsi avec tous les membres de la lignée. Il a subrepticement glissé dans la conversation la déception de sa mère de ne pas le voir encore marié. Il argumenta sur la dangerosité de son métier qui risquait de mettre en péril femme et enfants. Cette mise au point me conforta dans la relation amicale que nous entretenions même si, pendant un court instant, j'ai ressenti un léger pincement au cœur, vite refoulé. Nous étions arrivés.

La propriété, spectaculaire oasis en pleine campagne nichée au cœur d'un vignoble, s'étendait sur plusieurs hectares. Elle desservait cinq grandes chambres toutes équipées de salles de bains. Les plafonds voûtés, les colonnes ornementales, les menuiseries de style m'évoquèrent d'emblée un domaine viticole italien visité dans ma jeunesse avec mes grands-parents en Toscane. Branché œnologie, grand-père aimait découvrir et goûter des vins nouveaux. Il nous concoctait chaque année une visite en France ou à l'étranger pour assouvir ses soifs d'aventure et de découverte. Je ne pouvais y faire référence mais le flash fragilisa ma quiétude.

Derniers arrivés, Brent s'était précipité pour me soulager de mon bagage. La famille déjà installée autour de la table nous attendait pour le tea time.

Tous les regards braqués sur moi, les questions fusaient. Prenant place, le sang me monta aux joues.

— Doucement vous autres, vous allez effrayer notre invitée !

La chaleur familiale accentua ma tristesse de n'avoir plus aucun parent. Leur perte tragique, injuste, me révoltait toujours autant. Pourquoi le destin s'était-il acharné ? Quelques larmes, vite réprimées, brouillèrent un court instant ma vue. Ne rien laisser paraître, garder mes secrets était ma politique de toujours même si ça devenait de plus en plus difficile. Heureusement rien de trop personnel dans leurs attentes ; leur curiosité, axée sur mon activité théâtrale, mon amitié avec le benjamin de la fratrie, redoubla d'intérêt quand ils apprirent ma profession d'ingénieur chimiste. Tous pensaient le théâtre mon activité principale.

—Tout s'explique ! Vous vous êtes rencontrés chez Alexander !

Après la tasse de thé, la brioche, Emma et Jessica occupées aux préparatifs du repas mais refusant mon aide, mon ami m'invita à faire le tour du propriétaire pour une découverte des caves. Un chemin arboré derrière la propriété nous mena à la partie consacrée au vignoble. La salle des tonneaux utilisés pour faire vieillir le vin, accueillir les visiteurs était un pur bijou. Dans cette pièce exceptionnelle, de gigantesques lustres en cristal projetaient des effets de lumière sur les murs faisant d'emblée penser à des peintures de style renaissance. Dans la salle de dégustation, sur des comptoirs en granit s'alignaient des rangées de verres flamboyants, tous prêts pour goûter les vins. Seth, ayant travaillé dans sa jeunesse au domaine, connaissait ses « quatre acres de vignes » sur le bout des doigts. J'ai profité d'un cours magistral sur les différents cépages mais choisi de patienter jusqu'au repas du soir pour les apprécier. N'étant pas experte en la matière, je me suis excusée de mon ignorance pour apporter un quelconque jugement.

Jamais je n'oublierai l'énorme dinde farcie cuite au four, sa garniture de riz sauvage, sa goûteuse sauce rouge sucrée aux canneberges/jus d'orange fraîchement pressé. Emblématique fête de partage et d'abondance, elle n'autorisait personne à quitter la table sans être rassasié. Quand le dessert à la citrouille arriva, après avoir goûté à deux ou trois vins, euphorique et repue, j'ai demandé la permission de me retirer. Bien calée dans un confortable fauteuil, j'entendais comme dans un brouillard, les conversations animées, les rires chaleureux d'une famille heureuse. Je me suis promis de reproduire cette conviviale ambiance un jour pour ma propre famille.

Au retour, j'ai remercié mon compagnon de route pour cet incroyable intermède. Sont remontées à la surface les réminiscences de mes anniversaires, fêtes… les porter un court instant à la lumière m'ont de nouveau fait très mal. Je n'ai pu retenir mes larmes. Mon compagnon de route s'est alarmé.

— Que se passe-t-il, Aude ?

Se confier enfin…

— Des souvenirs qui font mal. Bientôt je te raconterai, c'est promis mais pas aujourd'hui.

Levant le nez de mon microscope, j'aperçois Seth qui m'observe. Etonnée de le trouver devant moi, j'allais le questionner quand il avança :

—Excuse-moi, Aude, je ne voulais pas te déranger. Alexander demande à te voir.

— Maintenant ?

—Non, pour le déjeuner de 13 heures. Tu le trouveras au restaurant du quinzième.

— Sais-tu ce qu'il me veut ?

— Rien de grave, rassure-toi ; une proposition, il me semble.

Un clin d'œil avant de tourner les talons.

L'heure arrivée, tendue, j'ai pris l'ascenseur. Le boss déjà installé m'attendait.

—Merci d'avoir accepté mon invitation, Mademoiselle Verdier. Puis-je vous appeler Aude ? Comment vont les recherches ?

— Bien, merci. L'épigénétique est un domaine sans limites, Monsieur. Chercher à comprendre comment l'environnement peut jouer sur l'ADN m'a toujours passionnée. J'avance bien sur les traitements de l'immunothérapie. Exploiter les cellules immunitaires pour combattre des cellules cancéreuses donne des résultats qui permettent des traitements moins toxiques que ceux actuellement en place. Extraire, modifier les cellules T des patients pour une thérapie personnalisée a toujours été ma motivation.

— Un jour, promis, je vous convoquerai pour que vous me parliez de vos avancées. Aujourd'hui, je vous ai demandé de me rejoindre pour une tout autre raison. Le laboratoire célébrera dans trois mois ses cinquante ans. Pour l'événement, j'organise une fête pour tous les membres du personnel. Quelques officiels et amis seront aussi conviés. Parlant du projet avec Seth, il m'a appris que vous faisiez du théâtre et organisiez des représentations. Pouvez-vous m'en dire un peu plus ? Je suis hautement intéressé.

De prime abord surprise, mon enthousiasme prit rapidement le dessus. Ma verve le captiva. Il écoutait sans m'interrompre. J'échafaudais des plans sur la comète sans trop réfléchir à leur faisabilité, habitée seulement par le plaisir de parler théâtre.

— Dites-moi, quelle allégresse. Seth a raison, vous êtes une passionnée. Je vous autorise à réfléchir à cette journée. Elle aura deux temps forts : un déjeuner suivi d'un spectacle pour les familles et une soirée plus restreinte. J'attends vos propositions. Nous en reparlerons ici-même, dans une semaine, si vous acceptez bien entendu. Êtes-vous intéressée ?

— Certainement Monsieur ; merci de m'accorder votre confiance.

— C'est moi qui vous remercie. Vous m'enlevez une sérieuse épine du pied. Une petite question indiscrète à laquelle vous n'êtes pas obligée de répondre. Seth est comme un fils pour moi. Je ne sais s'il vous l'a dit. Existe-t-il quelque chose entre vous ?

— Une grande amitié, Monsieur, rien de plus.

Un sourire malicieux illumina son visage mais il ne dit rien. Il se leva. L'entretien était terminé.

J'ai choisi de descendre les étages par les escaliers pour calmer mon excitation tout en essayant de me souvenir du repas. Impossible. Aurais-je donc perdu la tête ?

Le soir, Seth m'attendait à la porte du labo.

— Aude, tu as subjugué le boss et marqué des points. Que d'éloges. Tu aurais rougi en l'écoutant.

— J'ai beaucoup trop parlé.

— Non, pas du tout. Tu l'as conquis, ensorcelé. A toi de jouer maintenant. Tu n'auras pas trop d'efforts à faire, Tu maîtrises la situation. Trouve-nous une belle pièce, de bons acteurs. Réserve-toi un rôle. Diriger, déléguer c'est bien. Moi, je rêve de te voir sur scène.

— Ne rêve pas trop, ce n'est pas encore fait.

Je n'arrivais plus à dormir ; ma tête bouillonnait d'idées. Je changeais de pièces plusieurs fois par nuit sans me décider sur aucune. J'ai fini par arrêter mon choix sur Shakespeare. Après avoir éliminé Roméo et Juliette au destin funeste, Hamlet et son dilemme d'être ou ne pas être, j'ai opté pour le Roi Lear et les déclarations d'amour des filles à leur père. Je serai Cordélia, la bannie, la déshéritée. Moi qui n'ai jamais eu de père, j'épouserai ce rôle avec brio. Les dés sont jetés. Reste à faire adopter ma proposition.

Impatiente, j'ai attendu le nouveau rendez-vous en me promettant de me concentrer davantage sur ce que j'allais manger. Seth m'attendait à l'entrée du restaurant. Il me conduisit à la table, m'installa face au Patron, prit place à mes côtés. Barbara, l'épouse du boss, m'accueillit avec un grand sourire.

— Heureuse de faire votre connaissance jeune fille. Je n'entends parler que de vous ces derniers jours.

Alexander, impatient, rentra immédiatement dans le vif du sujet.

— Aude, des propositions ?

— Je ne sais si elles vont vous plaire. Pour la première partie, j'ai pensé au spectacle mis au point pour les enfants. Il a déjà fait ses preuves et minimise le risque de ne pas être suffisamment prêt pour une autre interprétation. Quant à la pièce théâtrale du soir, j'ai pensé au Roi Lear. Je sais, c'est une tragédie mais la vie est loin d'être un long fleuve tranquille, n'est-ce pas ?

---Curieux choix, j'avoue mais je vous fais confiance. Interprèterez-vous un rôle ?

— Je ne vais pas abattre toutes mes cartes. Je me dois de garder une part de mystère.

—Vous avez raison. Qu'en penses-tu Barbara ?

— Je suis curieuse de savoir quelle fille vous serez…

J'ai souri, mystérieuse. Délivrée de la tension qui m'animait, j'ai savouré avec grand plaisir une quiche Lorraine accompagnée d'une salade de feuilles de chêne aux noix, un navarin d'agneau garni de ses légumes printaniers, une forêt noire. J'étais de retour en France !

Alexander me regardait manger avec satisfaction.

—Aimez-vous la cuisine française ? Personnellement c'est mon péché mignon.

— Il n'y a pas de meilleure restauration au monde pour une Française d'origine.

— Je l'ignorais. Quelle région ?

Prise au dépourvu, j'ai bafouillé,

— Du Sud.

Seth, percevant mon trouble détourna rapidement la conversation et l'orienta sur la tombola qui devait venir enrichir la journée. Se contrôler en permanence n'est jamais chose facile. J'avais été à deux doigts de faire un impair. Heureusement, mon ami m'a tiré d'affaires. Je me dois de lui dire toute la vérité. J'ai confiance en sa discrétion.

J'ai invité Seth à souper, pris une demi-journée de repos pour m'y préparer. Ma décision de lui dévoiler quelques pages de mon passé est arrivée. Tout raconter n'est pas à l'ordre du jour. Lui parler de ma famille est une chose que je peux faire sans me sentir trop mal. Les émotions vont certes m'envahir mais elles seront supportables. Ce qui restera caché me fait frémir rien que d'y penser.

Sur la table du salon, j'ai déposé quelques photos. J'ai également sorti l'album Google, celui de mes dix ans, préparé avec maman pour mes grands-parents. Il est biscornu, écorné, rempli de souvenirs que je me sens désormais prête à partager. Seth est la seule personne jugée digne de connaître mon passé.

La sonnette me fait sursauter ; il est rare qu'elle retentisse. Mon ami, bouquet de fleurs en mains me tend un grand pot de crème glacée.

— Mon péché mignon. Je n'étais pas certain que ton congélateur en renferme alors j'ai osé !

J'ai éclaté de rire avant de claquer deux grosses bises sur ses joues dans un geste amical, devenu habituel à chacune de nos rencontres. Il n'avait jamais mis les pieds dans mon refuge. Aussi s'émerveilla-t-il de la grandeur des pièces, de la luminosité filtrant par les baies vitrées, des petites touches délicates que seule une femme pouvait apporter, dit-il.

J'étais tendue. A quel moment me confier ? Apéritif ou dessert ? J'ai finalement opté pour la fin du repas. Trop de souvenirs pouvaient me faire perdre la tête. Me regardant droit dans les yeux, Seth a demandé en arrivant,

— Tu as préparé un repas du Sud ? Bouillabaisse ou calamars farcis ?

— Merci d'avoir détourné la conversation l'autre jour. J'ai été mal à l'aise une fois avoué que j'étais française. Je m'évertue à ne jamais rien révéler mais la question sur la cuisine m'a surprise. J'ai vécu dix ans à Paris avec maman avant de quitter la capitale pour l'est de la France où vivaient mes grands-parents. Cette région de moyenne montagne riche en forêts de sapins, inondée de lacs t'aurait plu. On y fait du ski en hiver, de grandes randonnées pédestres ou en VTT l'été. Les paysages sont imprenables, les gens authentiques, chaleureux, travailleurs. Ils aiment les plats qui tiennent bien au ventre, potées, pâtés, tourtes, tête de veau, munster sans oublier le lard, les pièces de viande fumées, les tartes.

Je m'étourdissais pour ne pas aborder les choses qui font mal.

— Ce soir, j'ai préparé ce que j'aime : une tourte aux cèpes, des râpés de pommes de terre, une salade aux lardons. Après quelques recherches, j'ai même déniché un munster à la crèmerie du centre. Une tarte aux mirabelles était prévue en dessert mais c'était sans compter sur ta crème glacée.

—Les deux me vont ! Crème et tarte font bon ménage.

Mon flot de paroles le conforta dans l'idée que les confidences allaient être douloureuses. Installés sur mon canapé, dans l'intimité de mon chez moi, notre proximité me troubla mais m'encouragea. Je lui narrai mes dix premières années heureuses avec maman marquées cependant par la quête d'un père inconnu. L'évocation de son accident me fit fondre en larmes. Seth me laissa du temps, resserra son étreinte. Reprenant mes esprits, déterminée à poursuivre, je lui contai ma jeunesse, mes études, mes voyages jusqu'à la mort tragique de mes grands-parents. L'évocation de mon passé eut le mérite de me libérer des chaînes qui m'entravaient. Enfin, je respirais mieux.

— Quelle force ! Merci de t'être confiée Aude. Je comprends mieux tes moments de nostalgie. Désolé, de t'avoir fait revivre tes tragédies. J'attendais depuis longtemps que tu me parles de ton passé ; j'étais loin d'imaginer ton vécu. Je veux t'aider. Fais-moi une place. Je te prouverai que la vie peut être belle. Tous les deux, unis. En as-tu envie ? Je m'emploierai à te rendre heureuse à temps plein, je te le promets. Je t'aime ma délicieuse petite soldate.

J'ai timidement tendu mes lèvres pour sceller notre amour d'un long baiser au goût salé.

Blottie tout contre lui, j'ai dévoilé les photos de mes proches. Seth s'évertuait à chercher des ressemblances, sans en trouver aucune.

L'évocation de mon changement d'identité et des raisons qui l'ont motivé n'étaient pas encore à l'ordre du jour.

Pour sa fête anniversaire, Alexander a privatisé le Queen Elizabeth Théâtre, endroit prestigieux de la ville bénéficiant d'une excellente acoustique. Le nombre de personnes invitées est impressionnant. En plus des membres du personnel sont présents, des officiels, des associations caritatives, la famille de Seth au grand complet. Notre relation amoureuse, tenue jusque-là secrète ne va pas tarder à être démasquée tant notre complicité est devenue de plus en plus évidente. D'un naturel confiant, devant l'ampleur de l'événement, mon angoisse va crescendo.

Après un buffet gargantuesque, le spectacle présenté par les enfants remporte un vif succès. Grandement secondée par Meili pour les répétitions, j'ai pu disposer du temps nécessaire pour mettre en scène ma pièce.

Dans ma loge, robe passée, je me mire dans le miroir et me gratifie d'un sourire de satisfaction. Ma tenue me sied tout en me contrariant. Mon décolleté avantageux dévoile, aux yeux de tous, ma marque de naissance au-dessus du sein gauche. Dois-je la dissimuler ? Je finis par me convaincre que c'est finalement une bonne chose. Seul lien me reliant à maman, c'est un peu comme si elle était là. Je fais fi de ma réticence pour me concentrer sur mon interprétation.

Derrière le rideau, avant de monter sur les planches, je jette un rapide coup d'œil sur une salle comble. Seth, ses proches, Alexander et Barbara sont installés aux premières loges. Me voyant sur scène, j'espère que mon implication les satisfera. La tension brusquement me quitte. Je suis dans mon élément. Plus rien ne compte. Je deviens Cordélia, la plus jeune fille du roi, la préférée de son père avant qu'il la disgracie. Je déclame avec emphase et conviction,

L'amour n'est pas comparable, n'est pas quantifiable, c'est une affaire de réciprocité.

La prestation d'Aude a accaparé toute l'attention d'Alexander. Quand le cadavre de Cordélia traîné par le Roi Lear échoue à la hauteur de ses yeux, médusé, il voit… le petit cœur au-dessus du sein gauche. Seigneur, est-ce possible. Je rêve, se dit-il. Cette histoire père-filles m'a bouleversé. Mais non, ce signe ! C'est comme si c'était hier. Il tremble Alexander, des sueurs froides l'envahissent. Barbara perçoit son trouble.

— Que se passe-t-il, Alex ?

Il murmure,

— Regarde dans le décolleté d'Aude, la petite marque, le même dessin qu'Alice. Tu ne peux pas l'avoir oublié. Qu'est-ce que ça veut dire, Barbara ?

— Ressaisis-toi, Chéri. La pièce terminée, nous lui rendrons visite dans sa loge. Ce n'est peut-être qu'un tatouage…

Les spectateurs tous levés applaudissent, excepté Barbara et Alexander toujours sous le choc.

Apercevant le couple figé, je me mets à paniquer. *Ils n'ont pas aimé ; certainement trop dramatique pour l'événement.*

Je regarde Seth pour me rassurer. Il tape avec force dans ses mains. Je me sens tout de suite mieux. Au troisième rappel, je remarque les yeux de mon boss toujours rivés sur moi avant que le rideau tombe. Réfugiée précipitamment dans mes quartiers, je commençais à me démaquiller quand, après un court avertissement, la porte s'est ouverte. Dans le miroir, Alexander semblait perdu. Il vient vers moi.

— Je suis désolée, vous n'avez pas aimé ?

Alexander me dévisage sans parler. Barbara demande,

— Aude, cette marque en haut de votre poitrine est un tatouage ?

Je la regarde sans comprendre. Elle répète,

— Mon mari a remarqué votre petit cœur. Il voudrait savoir si c'est un tatouage.

Abasourdie, je lui réponds mécaniquement,

— Non, un cadeau de maman à ma naissance ; elle avait la même. Une marque de fabrication disait grand-mère.

Alexander sursaute,

— Avait ?

Un grand blanc avant que le boss ne se laisse tomber dans un fauteuil. Je m'affole.

Seth venu me féliciter, prenant subitement conscience de la tension régnante, demande,

— Que se passe-t-il Alexander, êtes-vous souffrant ?

C'est Barbara qui lui répond.

— Non, rassure-toi, tout va bien. Alex a été troublé par un petit détail qui lui a fait revivre une page de son passé. Avant de tomber malade, il a fait la connaissance d'une jeune fille qui avait le même petit cœur dessiné sur sa poitrine. Nous demandions à Aude s'il s'agissait d'un tatouage.

En alerte, je m'interroge. Se pourrait-il que…

Les murs se mettent à tourner. Des sueurs froides m'envahissent, mes oreilles bourdonnent. Proche de l'évanouissement Seth m'évite la chute en me rattrapant de justesse. Perdant connaissance, je n'entends pas Alexander demander,

— Seth, sais-tu quelque chose sur la mère de ta compagne ?

— Elle est décédée quand Aude avait dix ans. Un accident de voiture quand elles vivaient toutes les deux à Paris.

— Seigneur ! elle est morte…

— Après son décès, Aude a été recueillie par ses grands-parents. Que cherchez-vous à savoir ?

— J'ai intimement connue une Française qui portait ce signe improbable.

Seth abasourdi ne sait que penser.

Revenant à moi, mon amoureux me réconforte.

— Chérie, tu es avec nous ? Tu as fait un malaise. Trop de stress, de fatigue, my Love. Tu dois te reposer.

Intriguée, j'interroge Alexander du regard. Il me sourit avec pertinence.

— Jeune demoiselle, je suis venue vous convier à une petite réception pour clôturer cette journée exceptionnelle. Vous n'allez pas nous faire défaut, n'est-ce pas ? Seth sera ravi de vous présenter à tous nos invités.

Je n'ai plus les idées claires. Ai-je donc rêvé ce qui venait de se passer ? Je n'ose pas poser la question qui me chagrine mais cherche à me soustraire à la soirée. Contrarié par mon refus, Alexander insiste. Je finis par accepter.

— Le temps de me changer et je vous suis.

—Bien entendu. Prenez votre temps. Vous êtes encore très pâle. Seth va rester avec vous.

— Non, ça va aller. Merci.

Dans le couloir, Alexander demande.

— Seth, donne-moi la date de naissance de ton amie.

— Aude aura vingt-six ans le 15 avril, pourquoi ?

— Sais-tu si sa maman était mariée ?

— Non. Alice était mère célibataire. Pourquoi cet intérêt soudain. Savez-vous quelque chose que je devrais connaitre ?

— Demain j'aimerais discuter avec Aude. Arrange-toi pour qu'elle dorme à la maison. Tu peux te montrer convaincant quand tu le veux.

— Je ne garantis rien. Elle aime sa liberté et son indépendance. Je vais faire de mon mieux.

Dans la demeure du boss je navigue sans pouvoir me débarrasser de mes interrogations. Sitôt que je cherche à obtenir des éclaircissements, Seth se défile.

—Tout va bien, ma Chérie. Détends-toi. Profite du moment présent. Viens danser. J'ai très envie de te tenir dans mes bras.

Surprise d'être invitée à passer la nuit sur place, je veux m'y soustraire. C'est sans compter sur la pugnacité d'Alexander.

— Vous êtes fatiguée jeune fille. Une bonne nuit vous fera le plus grand bien. Seth vous conduira à votre chambre. Des pièces aménagées à l'étage sont toujours disponibles pour les amis.

Passer d'employée à actrice pour finir en amie est quelque chose qui me dépasse. Mon ascension sociale fulgurante me donne le vertige. Je ne sais plus où j'en suis.

— Si vous insistez ! Je suis effectivement exténuée. J'aimerais me retirer tout de suite si vous le permettez.

— Bien entendu. Bonne nuit. A demain pour le petit déjeuner.

La maison est immense. Traverser le premier salon, le second, la salle à manger, le hall, accéder au grand escalier est un vrai parcours du combattant. La chambre blanche spacieuse, romantique où Seth me conduit me plait d'emblée. Un lit immense me tend les bras. Porte fermée, blottie tout contre lui je finis par partager mes interrogations.

— Quelle journée mon Amour ! Tout est confus dans ma tête. Peux-tu imaginer un seul instant que maman ait pu connaître le boss ? C'est invraisemblable cette histoire, non ?

— Oublie tout ça ce soir. Repose-toi ; tu en as grand besoin.

— Tu as raison. Allons-nous coucher.

— Excuse-moi, my Love mais je pensais rejoindre ma famille. Ça te contrarie ?

— Pas du tout. Bien sûr, Profite. Juste un baiser avant que tu disparaisses.

Allongée, je réfléchissais sur ce qui venait de se passer yeux grands ouverts quand des anges bienveillants sont venus m'inviter à rejoindre le domaine des songes. Aucun rêve toxique n'est venu perturber mon lourd sommeil de plomb.

Me réveillant sur un jour nouveau, dans une chambre inconnue, j'ai du mal à retrouver mes esprits. Seth, au pied du lit guettait mon retour.

— J'attendais que ma Belle au bois dormant sorte de son sommeil. Je priais pour ne pas avoir à patienter cent ans. Tu es belle à regarder ma Princesse quand tu dors. As-tu fait de beaux rêves ?

— Je ne m'en souviens plus. J'étais plutôt assommée hier. Viens. J'ai besoin de toi. Serre-moi fort, mon Amour.

— J'aimerais bien mais nous sommes attendus pour le petit déjeuner.

— Je vais m'en passer. Aujourd'hui, je n'ai faim que de toi.

— Impossible, mon Cœur. Alexander veut te parler.

— Encore cette histoire avec maman ! Quoi que ce soit, ça ne changera rien de savoir s'il a ou non connu ma mère.

— Pour lui, ça semble important. Nous ne devons pas le faire trop attendre. Habille-toi. Nous allons descendre ensemble.

Une table bien garnie, chargée de charcuterie, viennoiseries, fruits, thé, café réveilla ma gourmandise. Alexander et Barbara déjà installés patientaient en buvant un café. Levés de concert en nous voyant, s'inquiétant de savoir si j'avais bien dormi, pressés d'aborder le sujet qui les préoccupait, mon boss est entré immédiatement dans des confidences auxquelles je n'étais pas préparée.

— Je t'ai dit, hier, avoir connu dans ma jeunesse une jeune femme qui portait le même charmant petit cœur que toi. Connaissant aujourd'hui ta date de naissance, le fait que tu aies grandi dans les Vosges au décès de ta mère, endroit de résidence de ma connaissance, je ne pense pas me tromper affirmant que cette personne était ta maman. Je l'ai rencontrée au début de son escapade à Montréal. Curieuse de connaître notre beau pays, elle tenait à tout visiter. Désireuse de s'amuser, de faire des rencontres, elle s'était concoctée un trimestre pour des découvertes sur mesure. A bord du vol Paris/Montréal, elle rencontra Barbara qui rentrait d'un mariage à Fontainebleau. Assises l'une à côté de l'autre, elles ont vite sympathisé. Barbara proposa à Alice de l'héberger, d'organiser des visites et des rencontres avec de jeunes étudiants sur la plage là où nous avions l'habitude de nous retrouver pour faire de la musique autour d'un feu de camp. Conquise, Alice annula sa réservation faite dans une auberge de jeunesse pour s'installer chez elle. Le lendemain de leur arrivée, rendant visite à mon amie, j'ai aperçu ta mère au bord de la piscine. Je suis tombé immédiatement sous son charme. Ses longs cheveux bruns, son sourire enjôleur, ses yeux pétillants, son élocution, ses rires explosifs, son aisance m'ont immédiatement séduit. Je ne m'avance pas en disant que le coup de foudre a été réciproque. Dès notre rencontre, elle renonça à ses envies d'aventure et de prospection. Notre trio formé, nous nous sommes amusés tout un mois à badiner jusqu'au moment où Alice et moi avons cherché à nous réserver de plus en plus d'heures d'intimité. Le mois suivant son arrivée, nous avons tous deux loué un studio en bord de mer. Une oasis de pur bonheur. Nous nous y sommes aimés pendant deux mois. Le moment arrivé de son départ, après avoir convenu de nous retrouver pour les fêtes, je l'ai laissée s'envoler avec regrets. C'était sans compter sur mes problèmes de santé. Des maux de tête récurrents, des étourdissements, une vision floue, des saignements de nez, un engourdissement du visage m'ont conduit à consulter un spécialiste en urgence. Le diagnostic de cancer hypophysaire avec infertilité est tombé comme un couperet. Mon impossibilité établie d'avoir un jour une descendance m'a fait renoncer à Alice. Aucun homme ne peut demander à une femme de se détourner de la maternité. Je n'ai pas cherché à donner de nouvelles. J'ai abdiqué avant même de me battre.

J'ai arrêté mes études de médecine et je suis rentré à Vancouver pour me soigner. Après un traitement chirurgical, des examens para cliniques pour déterminer ou non une extension à distance, j'ai suivi un traitement au long cours d'hormonothérapie jusqu'à la rémission. Cinq ans plus tard, l'oncologue confirmait ma guérison. Sans vouloir me l'avouer, tant mon combat m'a paru long, j'avais continué à vivre dans le fol espoir de rejoindre un jour Alice. Le temps passé sans qu'elle cherche à me revoir m'a fait douter. J'en ai conclu qu'elle devait être mariée ou que d'autres priorités étaient entrées dans sa vie. J'ai souvent regretté de ne m'être jamais assuré que tout allait bien pour elle. Si j'avais osé, si j'avais su, nos vies auraient pris une autre tournure. Aujourd'hui

Aude, je suis quasi certain que tu es ma fille. Je vais demander un test pour une reconnaissance de paternité mais ma conviction est faite. Maintenant que je t'ai trouvée, il est impératif que j'assume ma part de responsabilité. Je peux assurer ton avenir.

— C'est inutile, même si je peux comprendre que vous en ayez envie. Connaître mon père quand j'étais petite avait une réelle importance. Ce n'est plus le cas. Cette possibilité invraisemblable que vous soyez mon père va bouleverser nos vies. Je n'adhère pas du tout à cette reconnaissance. Connaître la vérité ? Si vous vous trompiez, quelle désillusion. Faire remonter le passé ne ramènera pas ma mère. C'est elle qui me manque non pas un père que je n'ai jamais connu.

— Je comprends ton scepticisme mais laisse-moi la possibilité de savoir. J'ai convoqué Bradford, ton chef, pour un prélèvement. Tout doit être fait dans le respect de la loi. Pour l'instant, cela restera dans le cadre privé du cercle familial. Une identification par empreintes génétiques, incontestable devant un juge, établira ou non notre filiation.

— Vous allez beaucoup trop vite. La probabilité que vous soyez mon père me réjouit tout en m'affolant. Nous n'avons aucun souvenir en commun.

— Nous apprendrons à nous connaître, Aude. Accorde-nous la chance de nous créer de bons moments à partager. Nous avons un point commun, le besoin de soulager notre prochain. Je suis certain que nous ne sommes pas si différents. Chaque chose viendra en son temps. Bradford sera là en début d'après-midi. En attendant Barbara va te faire visiter le reste de la maison. Tu peux profiter de la piscine pour te détendre si tu le désires, te faire à l'idée que cette maison est tienne.

Étourdie, accompagnée de Barbara, je l'ai quitté sans pouvoir le rassurer sur mon implication. Alexander a demandé à Seth de rester sans doute pour le convaincre de me pousser à faire le test.

— Cette histoire ne semble pas vous contrarier, Barbara. Elle pourrait pourtant bouleverser votre existence.

— Je suis convaincue qu'Alex est ton père. Son amour pour ta mère a été un véritable tsunami auquel je ne m'attendais pas en les présentant l'un à l'autre. A cette époque éprise de mon ami d'enfance sans jamais rien avouer, j'espérais, attendais qu'il s'en aperçoive. Quand il est tombé sous le charme d'Alice, c'était trop tard. Je suis restée l'amie, me contentant de l'accompagner dans sa lutte, sa reconstruction physique et morale. J'ai toujours marché dans l'ombre de ta mère jusqu'au jour où il m'a demandé de l'épouser. Jamais je n'aurais cru cela possible. J'ai compris qu'il renonçait à toute nouvelle passion. Je ne suis pas amère. Nous sommes heureux aujourd'hui. Chacun a trouvé son équilibre. Tu viens bouleverser l'ordre établi. Tu lui offres le rêve de sa vie, devenir père. C'est merveilleux. Si votre filiation est établie, de grandes choses t'attendent. Réfléchis Aude. Ces retrouvailles sont miraculeuses.

Bradford s'est présenté pour les tests après le déjeuner sans poser de questions. Un frottis sur coton tige à l'intérieur de ma bouche, des prélèvements de sang avec un stylo auto-piqueur au bout des doigts ont été réalisés. J'aurais pu faire l'analyse ADN moi-même mais Alexander tenait à ce qu'il n'y ait aucun vice de forme pour établir nos liens familiaux dans des buts légaux. Bradford nous quitta aussi discrètement qu'il était venu.

J'ai repris mon travail comme si de rien n'était. Mon chef n'ayant fait aucune allusion à notre rencontre, ne cherchant pas non plus à m'intégrer dans ses recherches, je me suis désintéressée des analyses. Quand le téléphone sonna sur mon bureau, quelques jours plus tard, j'ai senti mon ventre se serrer en reconnaissant la voix de mon supposé paternel.

— Tu peux monter, Aude, j'ai à te parler.

Intriguée, j'ai quitté mon poste, pris l'ascenseur, jambes flageolantes, inquiète du résultat et de l'impact que cette découverte aurait ou non sur mon avenir. Indéniablement proche désormais de mon patron, par ma fréquentation avec Seth et les événements récents, je m'interrogeais sur l'après. Devant la porte, j'ai hésité consciente que tout pouvait basculer. J'allais être amenée à donner des explications sur mon changement d'identité ; y penser me donnait froid dans le dos. Je ne voulais pas changer ma vie. Elle me convenait auprès de Seth. Savoir qui était mon père ne m'apporterait rien de plus.

Alexander se leva pour m'accueillir. Un homme se tenait derrière son bureau.

— Je te présente Maître Dupont, avocat, un de tes compatriotes. Le résultat vient de nous parvenir Aude. Je suis fier et heureux de te confirmer que tu es reconnue comme ma fille. Notre filiation ne fait plus aucun doute. Jusqu'à présent, tout n'a pas toujours été facile pour toi. Te reconnaissant officiellement, je vais changer les choses, t'apporter tout ce que tu mérites.

Ses yeux pétillaient ; son visage rayonnait. Dans sa tête tout devait déjà se mettre en place. Devant lui, bras ballants, je restais sans voix.

— Je comprends, c'est difficile à croire mais moi j'en étais certain. Je ne voudrais pas te bousculer mais attends toi à des changements. Tu deviens mon héritière. Maître Dupont va s'occuper de tout régulariser avant ta présentation au Conseil d'Administration.

Je répétai bêtement,

— Le Conseil d'Administration ?

— Oui, comme P.D.G. je vais fixer aujourd'hui même une date pour une réunion extraordinaire. Te nommer administrateur est ma priorité. Tu dois être prête à me remplacer, le jour venu.

— Pas question. Je n'y connais rien. Maître, puis-je refuser la reconnaissance de paternité ?

Le visage d'Alexander se décomposa. Maître Dupont intervint.

— Aude, que vous le vouliez ou non, il vient d'être scientifiquement prouvé qu'Alexander est votre père biologique. On ne peut rien changer à cela. Vous pourrez toujours refuser, en son temps, son héritage mais ce qu'il souhaite aujourd'hui, c'est vous voir un jour à la tête du laboratoire. Rassurez-vous, ce n'est pas pour demain mais prévoir ne peut nuire. Vous êtes une ingénieure passionnée. Cet institut de santé, l'œuvre de sa vie, a une importance capitale pour lui. Savoir qu'il peut mettre un nom sur son successeur le soulage. Vous demandant de le seconder montre la grande confiance qu'il place en vous. Vous devriez en être fière.

— Excusez-moi, Messieurs ; je ne me sens pas très bien. J'ai besoin de réfléchir à tout ça. Puis-je rentrer chez moi ?

— Bien sûr, Aude. Seth va te raccompagner.

J'entrais dans la vie de cet homme fortuné par la grande porte. Ce matin encore, il n'était que mon patron. Sans rien savoir de moi, il m'acceptait sans reddition, légitimement comme sa fille. Je n'étais pas prête. J'ai fondu en larmes. Alexander me réconforta.

— Nous allons passer du temps ensemble pour apprendre à nous connaître. Je vais organiser des repas, des vacances, des voyages… Ça va aller ; on va prendre nos marques. Laisse-moi une chance Aude.

— C'est trop radical.

— Je comprends que tu sois bouleversée mais Seth te confirmera que je ne suis pas un vieil ours gâteux, mal léché. On prendra le temps nécessaire pour analyser ta nouvelle situation. Il serait dommage que tu renonces à me succéder. Envisager ma passation de pouvoirs, savoir que le travail fourni ne sera pas vain est un réel réconfort pour moi. Alice t'encouragerait à accepter, j'en suis convaincu.

Sitôt Arrivés à mon appartement, Seth m'installe sur la banquette du salon au milieu de coussins moelleux, glisse un oreiller sous ma tête. L'inquiétude se lit sur son visage mais il ne cherche pas à me bousculer.

—Repose toi ma Chérie. Je vais faire du thé. En veux-tu ?

—Volontiers. Je dois aborder avec toi des événements tenus secrets jusqu'à présent.

— Rien ne presse. Peut-être vas-tu m'avouer que tu as été mariée dans le passé. Si c'est le cas, ça n'a plus vraiment d'importance aujourd'hui.

— Quelle idée ! Je suis bien célibataire.

— Comme tu ne portes pas le nom de ta mère, j'ai pensé que tu avais laissé un mari quelque part.

—Tu penses mal, c'est le sujet justement. Ce que je m'apprête à te révéler est un grave traumatisme subi que je garderai toute ma vie. L'évoquer me bouleverse déjà mais je dois le faire. Surtout, ne cherche pas à m'interrompre.

— Tu m'affoles, my Love. Es-tu certaine de vouloir aller plus loin ?

— Oui. En vrai, j'ai trompé tout le monde. Je ne suis pas réellement celle que tu connais. Aude Verdier est un nom d'emprunt. Mon véritable nom est Anna Vauthier. Je suis bien la fille d'Alice. J'ai changé d'identité pour me protéger. Rassure-toi, je ne suis pas une criminelle, pas non plus dans un système de protection de témoins. Victime de graves sévices avec séquestration, la loi m'a autorisée à modifier mon état civil pour me secourir. Mon bourreau n'a jamais été arrêté. Jacopo Ricci, après m'avoir frappée à mort, s'est enfui. J'avais fait sa connaissance trois mois avant la disparition tragique de mes grands-parents. Venu dans les Vosges, comme travailleur saisonnier, il a su jouer de ma crédulité, de mon innocence. Amoureuse, c'est ce que je pensais à l'époque, j'ai balayé les mises en garde de grand-père à son encontre et succombé à ses charmes. Jugeant que j'étais suffisamment mature, mes grands-parents n'ont mis aucun obstacle à ma relation. N'ayant jamais eu de petit ami, grisée par ses belles paroles, attirée par son physique avantageux, son empathie, perdue, esseulée après la disparition de mes proches, j'ai tout abandonné pour le suivre. J'ai confié la gestion de mon patrimoine à Maître Boileau, notaire, ami de longue date et je suis partie à Paris. Dans son appartement qui, je l'appris plus tard n'était pas le sien, il m'a tenue séquestrée pendant cinq mois. Battue, humiliée, j'ai peu à peu perdu confiance en moi, abandonné tous mes repères, ma foi et progressivement toute volonté de me rebeller. J'ai subi ses maltraitances persuadée qu'un jour on me retrouverait morte. Il ne voulait, n'attendait qu'une chose, récupérer l'argent de mon héritage. Un jour, excédé de patienter, Jacopo m'a tendu son téléphone pour que je fasse une mise au point avec le notaire, hurlant qu'il me menait en bateau. M'obligeant à demander une avance, je n'ai pu résister à l'envie de le contrecarrer. J'ai avancé le fait que le versement avait dû être fait sur un compte épargne bloqué à la mort de maman et qu'il ne toucherait pas un centime. Bien mal m'a pris. Comme un fou, il s'est rué sur moi, hystérique, sans contrôle. Affreusement molestée, j'ai vu et emprunté le tunnel de la mort. Une visite impromptue du propriétaire m'a sauvée. Après un long coma artificiel, une reconstruction quasi totale de mon visage, des jours d'immobilisation forcée, la peur ne me quittait plus. J'ai pris la décision de quitter la

France pour échapper à mon bourreau. Seuls connaissent ma véritable identité, maître Boileau et l'inspecteur Bonnefoy en charge du dossier. Je n'existe plus pour personne sous le nom d'Anna Vauthier.

Aujourd'hui, Alexander fait des démarches pour me reconnaître. J'ai très peur. Rester dans l'anonymat m'a sauvé. Comment sortir de ce dilemme ?

— Pourquoi n'avoir jamais rien dit. J'aurais pu t'aider, t'épauler mon Amour. C'est un affreux cauchemar mais la roue a tourné. Tu vis en Colombie-Britannique. Ton criminel a peu de chance de t'y retrouver. Une belle vie nous attend. Je fais le serment de toujours veiller sur toi. Aie confiance, my Love.

Epuisée par mes émotions, j'ai fini par m'endormir. A mon réveil, j'ai croisé le regard anxieux de Seth. Ses yeux, encore humides des larmes versées, me renvoyaient tout son amour.

— Bonjour mon Cœur. As-tu récupéré ? Tu as oublié de te lever pour aller au travail. Rassure-toi, rien de grave. J'ai prévenu Alexander. Il s'est proposé d'apporter le déjeuner. J'ai accepté. Tu as sauté le souper d'hier et le petit déj.

—Alexander ici ? Que vais-je lui dire ?

— La vérité. Il est ton père. Il saura te conseiller. Il s'est fait un sang d'encre après ton départ. J'ai promis de tout expliquer.

— J'aurais bien attendu mais tu as raison autant en finir.

Décontenancée de prime abord par la présence de mon paternel, rapidement mise à l'aise par deux hommes qui manifestement ne cherchaient qu'à me plaire et me rassurer, j'ai expliqué les motifs de ma réticence.

Suffoqué par mes révélations, mon père ne cessait de répéter : ma pauvre petite… et je n'étais pas là… toutes ces souffrances… Dieu, quel malheur… Nous dûmes le réconforter tant il se sentait coupable, prenant connaissance de mes antécédents.

— Comment réparer ce que l'on t'a fait, Anna. En acceptant d'être reconnue comme ma fille, tu auras une revanche sur la vie. Je peux t'apporter amour et protection. C'est mon vœu le plus cher.

Il avait délibérément choisi de m'appeler par mon prénom de naissance. Ce détail me toucha. Je lui expliquai le choix de maman de nous voir porter les mêmes initiales. En changeant mon identité, j'avais choisi de respecter sa volonté. Alexander promit de faire sa reconnaissance de paternité sous mon identité d'emprunt.

Inconcevable de te mettre en danger, avait-il avancé. *Nous ne parlerons ni de ton lieu de naissance ni de ta mère.*

Soulagée, je pouvais envisager l'avenir sous de meilleurs auspices. Ma mise en lumière, comme héritière d'un grand ponte de laboratoire pharmaceutique n'était pas anodine. J'en étais consciente mais je finis par me convaincre que le passé était définitivement derrière moi. Des jours heureux me tendaient les bras. Il était temps d'en profiter.

Une indiscrétion dans la presse après la réunion du Conseil d'administration me mettant au-devant de la scène comme héritière d'un homme riche et célèbre, ameuta tous les médias, les paparazzis. Les demandes d'interview affluaient.

La vie privée reste la vie privée, martelait Alexander à tout va.

On ne pouvait malheureusement se soustraire à tout. On ne sut jamais comment fut dévoilé le détail croustillant qui enflamma les journalistes. Tous les journaux télévisés du soir reprenaient l'information, comme un véritable conte de fée contemporain.

Alexander Lavoie, éminent chercheur, une des plus grosses fortunes de Vancouver, reconnaît sa fille, Aude Verdier, après vingt-six ans. Une marque de naissance, un petit cœur sur le sein gauche de la jeune actrice servit de lien à la reconnaissance de paternité. Hautement compétente dans la recherche génétique, elle est pressentie pour prendre la succession de son père. Souhaitons-lui bonne chance.

La fuite m'avait abasourdie mais mon projet de mariage se concrétisant, je finis par me convaincre que, sous mon nom de femme mariée, j'allais éloigner de moi tout rapprochement avec mon passé.

Après six mois de proximité partagée, d'amour filial, Alexander était véritablement devenu mon père. Nos liens s'avéraient suffisamment forts pour former une vraie famille. En Barbara, j'avais trouvé une deuxième mère, toujours prête à me rendre service, à faciliter mon quotidien. Seth, désormais garde du corps de deux V.I.P veillait sur nous avec amour, prévenance, dévouement.

Logée dans la grande propriété de mon père, mon appartement ne servait plus que de refuge à nos brûlants ébats amoureux. Mon indépendance en avait pris un sérieux coup mais j'étais loin de m'en plaindre. Notre couple, définitivement comblé par le triangle de l'amour : intimité, passion, engagement, nous décidâmes de le faire vivre au grand jour en nous mariant. La date du 1er juillet arrêtée, jour de la fête nationale canadienne, les préparatifs allaient bon train…

Alexander, persuadé que nos retrouvailles invraisemblables étaient dues à une dame aux doigts magiques, mit tout en œuvre pour m'offrir un mariage de légende. Le nombre des personnes invitées était impressionnant tout comme le site retenu à Alberta pour la cérémonie. Le château des Rocheuses situé dans un cadre naturel exceptionnel entre lac et montagne, desservait au moins cinq cents chambres et suites. A trois heures d'avion de Vancouver, Alexander réserva un vol commercial privé. Mon père avait vu grand. Pour lui, rien d'impossible. J'avais toujours des difficultés à m'habituer à ses excès mais il insista tellement que Seth et moi avions fini par accepter. Un mariage dans l'intimité était plus dans nos cordes. Son rang d'homme fortuné, médiatisé, nous poussait à quelques obligations qui, faut bien l'avouer, en auraient enchanté plus d'un. On ne pouvait tout de même pas s'en plaindre. Notre lune de miel à Hawaï, offerte en cadeau de mariage, serait la récompense à notre abnégation.

En route pour le centre-ville, nous parlions de notre impatience de vivre ce grand jour.

— Anna, imagine ! Dans quinze jours nous serons unis pour la vie. Je suis le plus chanceux, le plus heureux des hommes.

— Je t'accorde que tout a été vite. J'ai personnellement hâte que ce soit terminé. Je me sens en dehors de la réalité devant un tel bonheur. Merci d'être là pour moi, mon Amour.

Tout juste garés, Seth partit pour récupérer les alliances pendant que je pénétrais dans le salon de beauté pour confirmer mon choix. J'avais apporté quelques perles à glisser dans le chignon prévu. Après quelques mises au point, je suis rapidement ressortie. Etonnée de me retrouver seule dans la rue, j'ai jeté un rapide coup d'œil à la bijouterie d'en face. Personne en vue. C'était une belle journée de juin. Des gens décontractés flânaient dans les rues, devant les vitrines. Je m'apprêtais à traverser quand j'ai senti une forte pression au bas du dos qui me stoppa net. La voix me cloua sur place.

— Bonjour Anna. T'as bien changé, je ne t'aurais jamais reconnue. Avance sans te retourner. Va à la voiture, celle dont les warnings sont allumés. Tu cries, je te tue.

Impossible de bouger. Un coup derrière le genou me propulsa malgré moi vers l'avant.

— Ouvre la portière côté conducteur ; conduis et suis les instructions du GPS.

Je ne pus prononcer un mot, encore moins crier. J'étais au bord de la syncope. Cette fois, c'est fini, pensais-je. Le GPS nous mena à la sortie de la ville, près du port, dans un vaste complexe isolé de docks désaffectés, à moitié effondrés.

— Descends de voiture. Avance jusqu'à la porte grise. Je suis derrière toi. N'essaie pas de fuir, tu prendrais une balle. Crie autant que tu veux, ici personne ne t'entendra.

Le rire grincheux, la voix éraillée, ricanante n'avait perdu aucune octave. J'étais terrifiée.

A l'intérieur du bâtiment, une table, deux chaises, des bouteilles de bière, un sac débordant de provisions. Tout avait été programmé.

— Pose-toi. Faut que je t'attache.

Il ligota mes poignets aux barreaux de chaise, vint se planter devant moi. Ses yeux disséquaient outrageusement mon visage.

— Je préférais l'autre. Retouchée de partout t'es bien trop parfaite mais t'as pris beaucoup de valeur depuis que t'as retrouvé ton paternel. Je n'ai rien perdu à patienter. Dire que j'ai failli rater l'information. J'avais plus de télé. Heureusement, dans un bar au moment du vingt heures, j'ai rien perdu de ce que disait le journaliste. Tu penses bien. Je te croyais occise. Et ce petit cœur qui réapparait. J'en croyais pas mes oreilles. Combien penses-tu que ton père serait prêt à payer pour te récupérer ? As-tu idée de ce que tu vaux ? Tu veux rien dire ? C'est pas grave, je me passerai de ton avis.

Venant de vivre une année exceptionnelle, j'avais oublié les gens toxiques, la tyrannie. C'était sans compter sur Jacopo Ricci et le destin qui continuait à s'acharner.

— On a beaucoup de temps devant nous. Faut laisser mijoter ton jules et ton géniteur. Ils seront plus disposés à négocier. Si on discutait un peu. Je sais, tu meurs d'envie de savoir ce que je suis devenu depuis tout ce temps. Ne sois pas pressée. Tu étais la deuxième. Tu as eu beaucoup de chance ; tu restes la seule, l'unique à t'en être sortie. Les autres, quatre sont mortes. Toutes des étrangères écervelées voulant prendre du bon temps avec un bel étalon. Bon, j'exagère mais toutes prêtes à partager ce qu'elles avaient. Je ne te parle pas d'amour, qui reste l'appât, mais le compte en banque, les bijoux, l'appartement. Vivre au frais de la princesse a toujours eu un véritable sens pour moi mais un jour elles finissent toutes par devenir trop curieuses, méfiantes. Elles demandent des comptes. Là, j'ai plus le choix. J'agis avant qu'elles me dénoncent. Une promenade romantique à la tombée de la nuit. Chacun sa thermos. Moi du café, elles du thé aromatisé à la mort au rat. C'est pas beau à voir. Elles bavent avant d'étouffer. Obligé de nettoyer les voitures de location. Une fois bennées dans le puits du terrain hérité de mon père, ni vu, ni connu. C'est là que tu aurais dû finir aussi mais avec toi, je n'ai eu que des emmerdements et pas un sou. Pourtant j'avais fait ce qu'il fallait avec tes vieux.

— De quoi parles-tu. Evoquer mes grands-parents aujourd'hui est hors sujet. J'aurais pourtant dû les écouter à l'époque. Ils se méfiaient de toi à juste raison. C'est pourquoi j'étais prête à mourir plutôt que de te voir toucher un centime d'eux. Je savais ma fin proche. Me libérer de ton joug était la seule pensée qui m'animait.

— J'avais tout programmé. Saboter leur voiture a été un jeu d'enfants. Je pensais avoir fait le plus dur mais…

— Que dis-tu ? Tu as trafiqué leur véhicule. Non, ce n'est pas possible. Tu es un monstre.

Voulant me jeter sur lui pour extérioriser ma rage, les liens entrés dans ma chair me firent hurler de douleur. Excédé, Jacopo me frappa au visage sans ménagement. Du sang coula au coin de ma lèvre, dans ma bouche.

— T'es vraiment impossible. Réfléchis ! Tu crois que j'aurais proposé de laver la bagnole, de faire le plein d'essence sans compensation. C'était mal me connaître. Il est vrai que c'était le cas. Je veux que tu te concentres sur ce que tu vas dire à ton paternel. Tu dois le convaincre de payer. Tu vas l'appeler. J'ai préparé un texte en français. Pas question que tu dises un mot en anglais. Arrête de chialer, tu m'agaces et ça ne fera pas revenir tes vieux.

Désemparée, un seul désir m'animait, disparaitre. Sa dernière révélation avait achevé de me briser. Indirectement responsable de la mort des êtres que je chérissais le plus au monde, je ne pourrais jamais me le pardonner. Il peut faire de moi ce qu'il veut. Ce ne serait que justice que je paie mon manque de discernement.

Jacopo me tendit son papier.

— Lis à haute voix. Quoi, tu refuses ?

Il se rapprocha, leva le poing mais se ravisa.

— Ils vont demander à te voir. Ce n'est pas l'envie qui me manque de t'abîmer le portrait mais si t'es trop amochée, ils ne paieront pas. Reprends tes esprits, on verra après.

Jacopo tournait comme un lion en cage. Refusant de parler à mon père, je modifiais ses plans.

— Faut que je sorte, sinon je vais finir par t'exploser.

Seule, je laissai ma peine s'extérioriser. Des larmes salées mouillaient mes lèvres me faisant oublier l'odeur fade, métallique du sang. Elles eurent le mérite de me ramener au calme.

Portable en mains, paraissant avoir retrouvé ses esprits, Jacopo poussa la porte.

— Je vais te tirer le portrait, enregistrer un message en français. Ma localisation est indétectable. A cette heure je borne à Londres. C'est beau le progrès.

Je priai pour mon salut, implorant la clémence de Dieu sur mes erreurs passées. Repentante, je demandai au Seigneur de m'envoyer ses anges pour me protéger de Satan et des forces des ténèbres. Des heures à attendre sa rédemption. Le temps allait me paraître bien long.

Seth chercha Anna du regard, surpris de ne pas la voir. Il avait dû patiemment attendre à la bijouterie derrière une cliente indécise. Ne la voyant pas, il se dirigea d'un pas rapide et décidé vers le salon de coiffure.

— Bonjour Mesdames, je cherche Aude Verdier. Elle n'est plus ici ? Elle venait pour rencontrer Liz.

— Elle vient de sortir, Monsieur. Bizarre que vous ne l'ayez pas croisée. Vous êtes le fiancé ? Félicitations pour le mariage.

— Merci. Était-elle accompagnée ?

— Non, seule.

Il appela Anna, tomba immédiatement sur sa boîte vocale. Affolé, il questionna quelques badauds, entra dans plusieurs boutiques, montra sa photo sans succès. L'angoisse le gagna. Sens en alerte, il se rendit à l'évidence, Anna avait disparu. Un kidnapping ?

Il téléphona à la police qui diligenta immédiatement une patrouille. Aucun indice, pas de trace d'accident ou d'agression. L'hypothèse d'un enlèvement se confirmait. Prenant connaissance de l'identité de la jeune femme, les policiers furent convaincus que les ravisseurs n'allaient pas tarder à demander une rançon. Ils escortèrent le jeune homme jusqu'au laboratoire, l'endroit où un appel téléphonique allait certainement arriver.

— Seth, pourquoi vous êtes-vous séparés ? demanda Alexander effondré.

— Je ne sais pas. J'ai relâché ma garde. Les boutiques étaient l'une en face de l'autre, il y avait beaucoup de monde. Je n'ai détecté aucun danger particulier.

— Avez-vous des révélations à faire Messieurs ? Si vous voulez nous voir agir efficacement, rien ne doit être tenu secret.

— Pas de non-dits. J'ai seulement demandé à Maître Dupont, mon avocat de nous rejoindre. Si ma fille a bel et bien été enlevée, il se pourrait que le ravisseur soit un certain Jacopo Ricci, perfide et sauvage individu qui a déjà séquestré ma fille quand elle vivait en France. Nous allons être contraints de prendre contact avec vos homologues français pour des renseignements. Je préfère que mon avocat nous assiste. Je ne maitrise pas le français. Il ne me reste que de vagues souvenirs d'étudiants. Avez-vous réussi à localiser le téléphone de ma fille ?

— Une de nos équipes s'en occupe.

Trente minutes plus tard, Maître Dupont faisait son apparition, au moment même où les policiers annonçaient avoir géo localisé le Smartphone. Retrouvé dans un fossé à la sortie de la ville, il venait confirmer la théorie du kidnapping.

Le pire pouvait être envisagé. Alexander s'effondra.

Montant dans le bus qui le conduisait à la Division des Affaires non Élucidées créée par la Police judiciaire de la Gendarmerie nationale, l'inspecteur Bonnefoy eut le sentiment que cette journée allait être particulière, sans pouvoir en définir les raisons. Une intuition. L'excitation le gagna. Il pesta rageusement contre le chauffeur qui n'avançait pas tant il avait hâte de se retrouver derrière son bureau.

Il avait antérieurement, définitivement refusé l'offre de son chef d'utiliser une voiture de service pour ses déplacements personnels préférant de loin se mêler à la France laborieuse, prolétaire toujours riche d'enseignement. Depuis le décès de sa femme, huit ans déjà, il avançait dans l'ombre de ses collègues. Il avait renoncé à toutes ambitions personnelles pour soigner son épouse. Trente années de vie commune avant que le cancer ne lui enlève. Il ne s'en était jamais vraiment remis. De par son métier, non sans risque, il s'était toujours imaginé partir en premier.

Voir et accepter que son épouse se détache de la vie chaque jour un peu plus l'avait anéanti.

Se dévouant à suivre les affaires non résolues qui, faut bien l'avouer, n'intéressaient pas grand monde, il se sentait en cohérence avec ses états d'âme. Sans enfant, il vivait en vieux loup solitaire, consacrant tout son temps à ses enquêtes. Les matins, dès son arrivée, il suivait le même rituel : brancher l'ordinateur, se rendre dans la salle d'accueil pour y siroter son premier café en saluant quelques collègues au passage. Aujourd'hui, sitôt l'ordinateur allumé, une alerte retentit. Il se pencha sur le fichier : Affaire Jacopo Ricci/Anna Vauthier. Après des années de silence, le nom du criminel refaisait surface. Il en oublia le petit noir, cliqua sur le lien.

Un procès-verbal, rédigé par un officier de police judiciaire de Nevers, envoyé la veille au soir, consignait les propos recueillis dans l'interrogatoire d'un certain Pierre Moreau, après la découverte de quatre cadavres sur son terrain. Les corps en décomposition, remontés d'un puits en cours de réhabilitation, avaient été envoyés chez le médecin légiste pour identification. Sur ledit terrain, acquis par Monsieur Moreau après une reconnaissance de dette de Monsieur Jacopo Ricci, le nouveau propriétaire construisait sa future maison. Pour un désensablement manuel au seau et à la main de son puits, technique à l'ancienne, le propriétaire avait sollicité l'aide d'un puisatier. La stupéfaction de ce dernier fut totale quand il tomba sur des ossements. Les gendarmes immédiatement alertés s'étaient adressés à des experts scientifiques expérimentés pour un avis éclairé et pour diriger les opérations. Après confirmation qu'il s'agissait bien d'ossatures humaines, les cadavres remontés prirent la direction de la morgue. Des recherches minutieuses sur les antécédents de Monsieur Moreau, l'actuel propriétaire et sur l'ancien possesseur de la parcelle furent lancées. Quand le nom de Jacopo Ricci, enregistré dans la base de données d'Interpol ressortit, tout le commissariat de Nevers monopolisé était en émoi. Après interrogation des services compétents, il fut demandé aux policiers nivernais de faire remonter l'information à la DiANE, plus précisément à l'attention de Monsieur Bonnefoy en charge du *cold case.*

L'inspecteur n'en croyait pas ses yeux. Il dut relire plusieurs fois le rapport pour se convaincre qu'il ne rêvait pas. C'était vraisemblablement là que reposait le corps de Mademoiselle Wagner depuis toutes ces années. Il pensa immédiatement à Anna Vauthier sauvagement agressée par cet abominable individu avant d'être miraculeusement sauvée. Il se réjouit qu'elle ait pu échapper au sort des autres victimes. Il devait attendre les rapports d'autopsie pour faire des rapprochements avec les personnes signalées disparues. Pour faire avancer ses recherches il sortit les dossiers de toutes les femmes aux profils se rapprochant le plus de celui de Mademoiselle Wagner, jeune étrangère fortunée, tableau de chasse inépuisable à Paris. Le téléphone sonna. Il était quatorze heures, presque sept heures du matin à Vancouver.

— Inspecteur Bonnefoy ?

— lui-même.

— Maître Dupont, avocat de Monsieur Alexander Lavoie. Il est à mes côtés. Nous vous appelons depuis la Colombie-Britannique. Mon client maîtrisant mal notre langue, je vais être son interprète dans une affaire urgente qui nous tient en émoi. Votre supérieur vous a reconnu en charge du dossier qui nous préoccupe. Connaissez-vous Mademoiselle Aude Verdier ?

— Non, je ne pense pas.

— Peut-être, Anna Vauthier ?

L'inspecteur Bonnefoy se méfia. Anna, avait changé d'identité pour se protéger. Reconnaître qu'il la connaissait pouvait la mettre en danger. Quel pouvait être le motif sérieux qui justifiait la prise de contact.

— C'est à quel sujet ?

— Je vais la faire courte. Anna, fille de mon client vient d'être kidnappée. On soupçonne Jacopo Ricci, d'être le ravisseur. Le kidnappeur demande une rançon de cent bitcoins, soit au cours actuel, plus de quatre millions et demi de dollars. Mais là n'est pas la raison de notre appel. Monsieur Bonnefoy, que pouvez-vous nous apprendre sur cet homme.

— Vraiment désolé pour Anna, j'espère que les choses vont rapidement s'arranger. Jacopo Ricci, funeste individu est fiché à Interpol depuis plus de cinq ans. Il est recherché par toutes les polices. Il semblerait qu'il soit responsable de plusieurs meurtres. S'il a réussi à rentrer au Canada, Anna est réellement en danger. Je vais demander aux médias de diffuser son signalement comme *individu le plus* re*cherché au monde.* Nous avons des accords internationaux qui le permettent. Ce soir chez nous, en début d'après-midi chez vous, son portrait sera affiché sur toutes les télés et son signalement repris par toutes les radios.

— Faites Monsieur Bonnefoy. Nous n'avons pas de temps à perdre.

— Avez-vous une heure avancée pour la remise de rançon ?

— Demain, 9 heures.

— Nous allons contacter toutes les compagnies aériennes desservant votre pays. Il a certainement voyagé sous une fausse identité mais avec la photo et un peu de chance, hôtesse ou Stewart pourrait s'en souvenir.

— Il nous serait utile de prendre connaissance des informations que vous avez collectées.

— Bien entendu. Je vous envoie le fichier immédiatement. N'hésitez pas à me solliciter si besoin.

La communication terminée, après avoir transmis les éléments demandés, l'inspecteur Bonnefoy s'interrogea sur la personnalité du père d'Anna. Une rançon de ce montant n'était pas à la portée de tous. Sur Google, il entra le nom d'Alexander Lavoie et constata avec stupéfaction qu'il avait raté une information importante. Le rapt aurait pu être évité s'il avait pu prévenir Maître Boileau du danger que représentait la fuite de la reconnaissance de paternité dans les médias. La vidéo sur la filiation, consultable sur You Tube, détenait suffisamment d'éléments précis et accrocheurs pour faire sortir le prédateur de sa tanière. La nouvelle remontait à un an. Ricci avait eu tout le temps de s'organiser.

Un arrêt de mort pour Anna. Une mine d'or pour son bourreau.

La photo de Jacopo Ricci s'étalait sur tous les panneaux publicitaires de Vancouver, dans les stations de bus, à l'entrée des magasins, sur les vitres des voitures… le portraitiste avait fait un travail d'artiste, retouchant le cliché original pour en faire quatre nouvelles ébauches avec ou sans cheveux, avec ou sans barbe.

On parla du criminel le plus recherché au monde dans tous les journaux télévisés. Les journalistes le traquaient partout. Le kidnapping, devenu affaire d'état, faisait pleurer dans les chaumières. Le conte de fées qui avait enthousiasmé la colonie de la Colombie-Britannique venait de virer à la tragédie, au cauchemar. Des habitants à l'affût d'une récompense promise aux détenteurs d'informations justifiées boosta toutes les mémoires. L'affaire avançait à grands pas. Les appels téléphoniques affluèrent à commencer par celui du loueur de voitures, proche du terminal de l'aéroport qui venait de reconnaître formellement le ravisseur.

Après confirmation de sa présence sur les caméras du parc locatif, on prit connaissance de sa nouvelle identité, seulement trois heures après l'avis de recherche. La photocopie du permis de conduire montrait un individu barbu aux cheveux longs. Les yeux incisifs, la bouche dédaigneuse étaient encore plus marqués que sur la photo originale. Les policiers connaissant la marque, le modèle, la couleur du véhicule, une chasse à l'homme s'organisa. Un hélicoptère affrété par la police commença à tourner dans les zones isolées à proximité de la ville pour un repérage de toute automobile en stationnement prolongé répondant au signalement. Plusieurs habitants s'étaient présentés spontanément au commissariat et reconnaissaient avoir aperçu Aude, son kidnappeur sur les lieux de l'enlèvement, là où une voiture aux clignotants allumés, dans une zone interdite, les attendait.

Une fois le lien établi, les policiers se concentrèrent sur la remise de rançon, sur les mesures de sécurité à adopter. La demande du ravisseur d'être payé en bitcoins allait simplifier la transaction tout en la retardant. Depuis la plateforme d'échanges, le virement SEPA du compte demandeur pouvait nécessiter, avant d'être accepté, un délai de vingt-quatre à quarante-huit heures. Une fois le montant autorisé, le transfert de la monnaie virtuelle sur l'autre compte, ouvrait un nouveau délai de cinq à quinze minutes.

Dans ce laps de temps, tout devait se jouer.

Seth, garde du corps aguerri proposa ses services pour agir une fois la planque repérée. Prendre position en amont pour désarmer le ravisseur était la meilleure solution. Les policiers refusèrent son appui jugeant la proposition trop risquée. La vulnérabilité du jeune homme liée à sa relation amoureuse risquait de fausser son jugement et de mettre la vie de sa fiancée en danger. Adepte des arts martiaux, de la maîtrise de soi, Seth était certain de pouvoir faire abstraction de ses émotions et pensées en pareille circonstance. Militaire avant tout, seules comptaient la mission et les actions à entreprendre pour la mener à bien.

Avec l'autorisation d'Alexander, sans informer les autorités, le jeune homme mis son plan d'action en exécution une fois confirmé le stationnement du véhicule dans les anciens docks abandonnés. Il était dix-huit heures. Il fallait attendre le lendemain pour agir selon son plan. Il choisit avec minutie son arme, un pistolet Beretta 92 FS, 9mm pour une attaque rapprochée. Déterminé à passer la nuit sur place, il emporta avec lui un sac de couchage. Etudier les lieux était déterminant dans une action de combat.

Seth était en guerre.

Comme un félin, il progressa dans la zone d'action au milieu de bâtiments effondrés, repéra rapidement le seul hangar encore debout, la voiture stationnée. Il se glissa furtivement dans la ruine d'en face, surveilla la porte. Il n'y avait aucune fenêtre. L'air devait être irrespirable sous le baraquement. La nuit allait tomber. Pas âme qui vive. Il commençait à désespérer quand il le vit. Nul doute. Il regarda Jacopo vapoter, faire les cents pas devant la porte, quelques exercices d'assouplissement avant de partir uriner contre le mur.

Sale chien, murmura Seth.

La nuit avait été longue, inconfortable pour lui sans doute comme pour Anna. En fait, elle avait dormi sur sa chaise. Son corps endolori la faisait souffrir. Jacopo ne la détachait que pour manger, faire ses besoins dans un seau dont les odeurs commençaient à lui donner des hauts le cœur. Elle lui avait demandé de le vider mais il rétorqua qu'il n'était pas sa bonne ! Elle s'était proposée de le faire, il n'avait pas daigné répondre. Elle n'avait pas mis le pied dehors depuis son arrivée. Son corps transpirant sous la chaleur moite lui donnait la nausée. Heureusement, tout serait bientôt terminé. D'une façon ou d'une autre, elle serait délivrée. Que tout finisse vite était son souhait le plus cher. Cinq minutes avant neuf heures, il la détacha.

— Arrange-toi un peu. Tiens, v'là ton sac. Tu dois bien avoir une glace, un peigne, du maquillage dans ton fourre-tout.

— J'ai besoin d'une douche pas d'un ravalement.

—Tu as vraiment le don de me taper sur les nerfs. Fais comme tu le sens. Je m'en fous. Dans quelques minutes je serai millionnaire.

Il sortit, laissa la porte ouverte. Anna se laissa tomber sur la chaise. Rien d'autre à faire que patienter. Alexander allait demander à la voir. Allait-elle tenter de s'échapper. Aucune confiance en Jacopo. Il n'hésiterait pas à tirer sur elle, sur son père sans remords. Pouvait-elle prendre le risque de mettre la vie de son paternel en danger. Certainement pas. Elle réfléchissait quand Jacopo cria,

— Tiens-toi prête, il arrive. Quand je te le demande, tu sors. Seulement quand je te le dirai. N'essaie pas de fuir, je n'hésiterai pas à tirer. Pour l'instant, reste à l'intérieur.

Il leva la main pour signaler à Alexander de stopper. Bon, il était seul. Pas de voiture de police en vue, pas de sirène. Il lui fit signe de sortir.

— T'as fait le nécessaire ?

— Oui mais je n'ai pas le numéro du compte.

— Reste où tu es. Je t'envoie le sms.

— Je veux voir Anna.

Jacopo hurla

— Anna !

La jeune femme sortit. Elle adressa un petit signe timide à son père, les yeux remplis de larmes. Le cœur d'Alexander saigna. L'envie de la rejoindre était incontrôlable. Il se devait cependant d'accaparer l'attention du ravisseur pour que Seth puisse agir.

— On va devoir patienter pour le virement. Même avec des frais rapides de transaction, ça va prendre au moins cinq à dix minutes. Autant qu'elle nous rejoigne.

— Non. Rentre, Anna. Tu sortiras quand j'aurai vu la somme sur mon compte. Garde la porte ouverte. Je veux avoir un œil sur toi tout en surveillant ton vieux. Je ne voudrais pas qu'il me mène en bateau.

Arme braquée, il se rapprocha d'Alexander.

— Je viens surveiller ce que tu fais. Faut pas me la faire.

C'était le moment attendu par Seth. Se faufilant sans un bruit dans le bâtiment, doigt sur la bouche, il fit signe à Anna de le suivre. Au passage, il attrapa sa main, la précéda et la guida à l'arrière de la bâtisse. La jeune femme, tremblant de tous ses membres, s'effondra.

— Bouge pas mon Amour, tu ne risques plus rien. Je reviens.

Beretta pointé, Seth s'avança dans le dos du kidnappeur. Alerté par un léger crissement, Jacopo fit volte-face. Le garde du corps tira. L'arme du ravisseur vola. La balle venait de lui traverser l'épaule. Une deuxième dans le genou le cloua au sol. Hurlant, jurant, se contorsionnant, Jacopo déversait sa rage et sa colère. Au loin, les sirènes retentirent.

Travail de neutralisation terminé, les deux hommes se précipitèrent au secours d'Anna. Tétanisée par les deux tirs, elle n'avait pas bougé, refusant d'imaginer le pire. Délivrée de ses appréhensions, apercevant ses deux anges gardiens, elle murmura, *Merci, mon Dieu.*

Le mariage eut lieu à la date prévue, dix jours seulement après le kidnapping. J'avais refusé de le reporter.

Je venais de vivre des jours, des nuits difficiles, sans pour autant vouloir me faire aider par un professionnel de santé. Soulagée de mes pensées obsessionnelles, sachant que Jacopo était désormais sous les verrous, je voulais envisager sereinement l'avenir. La demande d'extradition acceptée au regard des charges retenues à l'encontre du kidnappeur, l'inspecteur Bonnefoy m'avait assurée que l'instruction pour un procès aux Assises allait être longue. Je disposais donc de plusieurs mois, voire d'années, pour me reconstruire avant de témoigner.

Dans cet écrin naturel majestueux choisi par Alexander, au milieu de sommets vertigineux, l'emblématique Fairmont château Lake Louise avait revêtu ses plus beaux atours pour nous accueillir. Il brillait de mille feux sous des centaines de lumières et projecteurs. Privatisé pour deux jours, le personnel nous concocta un repas de noces des plus raffinés et nous réserva une suite grandiose avec un spa donnant sur les Rocheuses. Le lit King size, les miroirs partout présents resteront les seuls témoins muets de nos échanges amoureux jusqu'au petit matin.

La cérémonie débuta sous des tonnerres d'applaudissements et redoubla d'intensité à mon entrée, accrochée au bras de mon père. Ceinturée dans une longue robe sirène blanche, coiffée d'un chignon perlé, porté haut, dégageant cou et visage, j'ai déambulé comme une déesse au milieu de tous les invités. L'assemblée émue me gratifiait de sourires encourageants, réconfortants qui me firent oublier toutes les tensions des derniers jours. Alexander en queue de pie, ne dissimulait pas sa fierté. Sous une tonnelle croulante de fleurs, Seth en compagnie du célébrant, de deux témoins, m'attendait religieusement, rose en main. En costume traditionnel, jaquette noire, pantalon taille haute gris, gilet fermé sur chemise blanche, cravate argentée, il avait belle allure. Alexander déposa cérémonieusement ma main dans celle de mon amoureux comme un trophée qu'on a du mal à remettre, qu'on ne veut pas lâcher. L'émotion atteint son paroxysme à nos échanges de vœux. Émouvant moment de partage où chaque invité semblait revivre ses propres souvenirs. En glissant nos alliances, un flash nous ramena un court instant au moment tragique du kidnapping. Le croisement de nos regards confirma que nous pensions à la même chose. Réprimant un glacial frisson, nous avons, en toute hâte, oublié ce retour au passé. Le vin d'honneur, la folle journée de fête musicale et dansante nous projeta dans un incontrôlable tourbillon d'insouciance et de partage.

Éclipsés en catimini au petit matin pour prendre notre avion pour Hawaï, des images plein la tête, nous savourions déjà notre bonheur d'être unis pour la vie.

Les jeunes mariés partis, Alexander soulagé d'avoir mené à bien l'événement, se libéra enfin des tensions qui l'habitaient depuis des jours. Lui, l'homme aux responsabilités multiples, habitué à gérer des situations complexes, se remettait difficilement de l'enlèvement de sa fille. Tenu de ne rien laisser paraître, il fut vite rattrapé par des appréhensions non maîtrisées. Il souffrait de crises d'angoisse aiguës se manifestant par des difficultés respiratoires, des troubles cardiaques, des peurs intenses sans réel danger mais invalidantes. Barbara, seule informée, l'aidait à gérer au mieux. Elle proposa d'être son chauffeur pendant la lune de miel des enfants sachant qu'Alex détestait conduire et le poussa à faire des examens de santé qu'elle jugeait indispensables.

Des malaises grandissants avec sueurs nocturnes et grande fatigue, des analyses sanguines perturbées montrant des marqueurs tumoraux élevés décidèrent

Alexander à consulter un oncologue. Le diagnostic de leucémie lymphoblastique tomba comme un couperet.

Il connaissait et suivait de près les innovations dans le traitement des cancers, encourageant sa fille dans ses recherches génétiques. Anna avant-gardiste dans la thérapie cellulaire dendritique permettant au corps de vaincre le cancer par lui-même, progressait dans cette avancée des plus prometteuses. Elle travaillait depuis des mois sur les essais cliniques du *programme Challenge*, coordonnant ses découvertes avec deux grands centres : Ottawa et Toronto. La thérapie par lymphocytes T à récepteur antigénique, nouvelle immunothérapie novatrice, consistait à filtrer les globules blancs du sang d'un individu pour y injecter un gène synthétique.

Alexander se renforça dans l'idée que la solution pour éradiquer son mal se trouvait là. Un gène codant une molécule d'anticorps se liant à la surface des mauvaises cellules pour les tuer représentait son seul espoir. Ce moyen de lutte personnalisé, technique aboutissant à l'identification de nouveaux antigènes sur de nouvelles séquences d'anticorps après modification et transformation, aboutissait déjà à de nouveaux médicaments et vaccins.

Anna, sommité dans son domaine, croyait dur comme fer à la thérapie cellulaire et génique, sûre et efficace. Convaincue par ses avancées, elle avait plusieurs fois sollicité son père pour augmenter le budget. Il avait doublé sa dotation.

Allait-il être aujourd'hui un de ses principaux cobayes ? Pouvait-il s'accrocher aux approches novatrices de sa fille ? Avait-il le droit de lui mettre la pression sur sa guérison ?

Autant de questions restées pour l'heure sans réponse. Il devait attendre son retour.

Après sept heures de vol, l'avion se posa à Honolulu sur l'île d'Oahu. Une voiture nous attendait pour nous conduire à l'hôtel Sheraton, sur la plage de Waikiki à six kilomètres du parc du cratère Diamond Head.

Partir à la découverte de cet archipel volcanique, isolé du monde, était un rêve partagé depuis des mois. Cinquantième état des Etats Unis, il recelait de véritables trésors. Cette île aux cratères et coulées de lave incandescente, aux plages de sable noir, cascades, canyons, forêts vierges nous révéla toutes ses splendeurs au cours de randonnées, de voyages en voiture, en sous-marins ou canoës-kayaks.

Sans jamais être rassasiés, nous nous sommes approchés au plus près du monde marin, poissons, dauphins, tortues. Les hawaïens amicaux, toujours de bonne humeur, reflétaient la joie de vivre. Au fil des jours, nous nous sommes imprégnés de leur culture autochtone respectueuse des traditions transmises de génération en génération. Mêlées aux us et coutumes des autres pays, des juxtapositions étranges de langue, cuisine, musique, peinture, danses, spectacles nous surprenaient souvent tout en nous ravissant.

Amicalement accueillis dès notre descente d'avion par l'offrande d'un collier, le lei, j'ai décidé d'adopter l'habitude des femmes mariées de glisser une fleur à l'oreille gauche. Une coutume suivie avec fierté pendant tout le séjour. Au bras de Seth, je paradais langoureusement tel un paon, dans des habits aux couleurs vives et chatoyantes.

Le Sheraton, bâtiment moderne de plus de trente étages, jouissait d'une vue exceptionnelle sur l'océan bleu azur. Chaque soir depuis la chambre, souffle coupé, nous admirions d'hallucinants couchers de soleil sur la mer avant de nous adonner à de rocambolesques galipettes dans le lit immense occupant une grande partie de la pièce. Jamais rassasiés de nos ébats amoureux, ils se prolongeaient jusque tard dans la nuit. Au petit matin, affamés, nous nous jetions comme des ogres sur le petit-déjeuner continental en nous saturant de jus de papayes, ananas, mangues. Nous ressourcer et nous revitaminer, compensaient nos pertes d'énergie.

Allongée sur mon transat pour récupérer de mes excès, j'admirais, sans jamais me lasser mon beau ténébreux en caleçon de bain, au bord de la piscine avec vue sur l'océan. Une envie de lui, irrépressible me prenait alors. Je sentais mon bas ventre se contracter, mes seins se durcir dans un besoin d'appartenance incontrôlable grandement renforcé quand il me rejoignait, sourire cajoleur aux lèvres. Vingt jours hors du temps à ne penser qu'à nous chérir. Au retour, conscients que la vie ne se résumait pas à notre bien-être, nous étions impatients de retrouver le couple qui nous avait tant donné.

Déconnectés volontairement sur l'île des réalités pour réévaluer nos priorités et nos objectifs, nous avions pris l'habitude de shunter les informations. Nous fûmes désagréablement surpris d'apprendre que notre vol serait dérouté sur Seattle dans l'état de Washington. Un écran de fumée, suite à des feux propagés depuis plusieurs jours sur Vancouver, nous empêchait d'atterrir. A cent quarante miles de notre point de chute, obligés de louer une voiture, la réalité nous rattrapa. Fortement contrariés, sachant que Barbara nous attendait, sitôt posés, nous avons téléphoné. Très réceptive aux voix, je perçus immédiatement un changement dans celle de ma belle-mère. Demandant si tout allait bien, elle me rassura sans me convaincre. Trois heures plus tard après un coup de klaxon signalant notre arrivée, le couple sortit pour nous accueillir. Bouleversée à la vue de mon père autant amaigri en si peu de temps, je sus immédiatement qu'il était gravement malade. Ses yeux creux ne présageaient rien de bon.

— Papa, que se passe-t-il ?

Je l'appelais encore Alexander mais le voyant si changé mes sentiments prirent le dessus.

Je ne veux pas le perdre, pas maintenant. Je l'aime. Je veux continuer mon chemin à ses côtés.

— Qu'est-ce qui ne va pas ? Dis-moi.

— Ça peut attendre. Vous êtes fatigués, rentrons. Un bon thé fera le plus grand bien à tous.

Installés au salon, boisson fumante devant nous, j'ai réitéré ma question.

— Papa, raconte.

Mon père parlait mais mon cerveau refusait d'admettre l'évidence. Un nouveau cancer après ses antécédents était très alarmant. Impossible de se voiler la face. Le principal intéressé connaissait mieux que quiconque la situation.

— On n'a pas le choix, papa. Demain tu vas intégrer *le programme challenge*. Aucune minute à perdre et tu le sais. On va amplifier ta réponse immunitaire. On va y arriver. J'y crois. Tu me fais confiance ?

Reprenant mon rôle de chercheur, dans ma tête tout se mettait en place.

— Aujourd'hui, plus de quatre-vingts pour cent des malades répondent favorablement à l'immunothérapie. Comme tu le sais, le traitement consiste à quatre-vingt-dix minutes de perfusion intraveineuse de deux molécules, toutes les trois semaines. Je vais cibler au mieux tes médicaments. Tout est déjà dans le protocole que je conduis. Il faut prévoir d'emblée quatre injections. Elles peuvent hélas être suivies d'effets secondaires. On va rester confiants et sereins mais on se doit d'être prudents pour éviter toutes infections ou contaminations virales fréquentes chez les immunodéprimés. Tu seras donc perfusé en ambulatoire à la clinique. Je vais prendre contact. Tu ne t'occupes de rien. Tu dois avant tout te reposer. Si tout se passe bien on fêtera Noël en oubliant cette épée de Damoclès sur ta tête…

Alexander ne demandait qu'à la croire. Il voulait espérer que de bons moments l'attendaient encore.

Jonglant avec mes responsabilités de chercheuse, d'administrateur en lieu et place de mon père, ce n'était pas une mince affaire. Seth m'aidait surtout dans les comptes à rendre au conseil d'administration, ma bête noire. Alexander nous avait délégué toutes ses prérogatives de droit réel. Je me concentrais sur sa guérison. Si l'immunothérapie ne marchait pas, resteraient les corticoïdes. Il serait toujours temps de contrecarrer les effets indésirables souvent réversibles dans la majorité des cas. Les perfusions rendaient Alexander fatigué, nauséeux. Toute nourriture l'écœurait. Il ne se nourrissait que de compléments alimentaires la semaine qui suivait les injections. Peu à peu, il retrouvait son appétit et Barbara en profitait pour lui préparer des plats revigorants. Des maux de tête incessants, des douleurs musculaires, nerveuses étaient son lot quotidien. Cependant, des ponctions régulières de moelle osseuse montraient des résultats encourageants. Il fallait tenir...

Pour lui apporter un peu de baume au cœur, je lui parlais de mon passé. Avant d'aller me coucher, je passais dans sa chambre. Là, comme une histoire qu'on raconte à un enfant avant de s'endormir, je relatais mes souvenirs. Ce tête-à-tête nous rapprochait chaque jour un peu plus.

J'évoquais les attentions particulières de ma mère à mon égard, ses brossages de cheveux répétés chaque soir, mes gâteaux d'anniversaire au chocolat/noix, mon péché mignon, les burgers dégoulinants de sauce, les glaces à la pistache. Pour lui, je revivais mes apprentissages en draisienne, vélo, rollers dans les squares, parcs et jardins du cinquième arrondissement, mes visites à la tour Eiffel, Arc de Triomphe, Palais du Luxembourg, Catacombes, mes errances au musée du Louvre, mes promenades en bateau mouche.

Alexander tissait des liens accrochés à mes récits. Il s'imaginait nous accompagnant dans nos péripéties et périples. Il entendait nos éclats de rire communicatifs, confondait fiction et réalité.

Replongée dans mon passé, je me remémorais ma mère en femme fière, libre, indépendante qui m'avait préservée de tout : méchanceté, injustice, fourberie. Je me reprochais amèrement de ne pas en avoir tenu compte en rencontrant Jacopo.

Tu ne peux t'en blâmer indéfiniment Anna. Ton absence de discernement était due à ta jeunesse, ton manque d'expérience. Comment imaginer pareille paranoïa. Oublie ma fille.

Alexander buvait mes paroles comme du petit lait, faisait des rêves merveilleux en imaginant son rôle de père. Après cette déferlante d'émotions, je ressortais de sa chambre déprimée. Mes évocations mises en lumière n'avaient qu'un seul, unique objectif qui me poussait à poursuivre : occuper suffisamment l'esprit de mon père pour le forcer à se battre. S'en suivaient pour moi des nuits agitées, peuplées de cauchemars. Seth devait user de tout son amour pour me calmer, me rassurer. Après la mémoire de ma mère, j'ai évoqué mes souvenirs de jeune fille hyper protégée par mes grands-parents, toujours à l'écoute, respectueux de mes choix, de mes idées, bienveillants parfois au-delà du raisonnable.

Les semaines ont passé apportant un soupçon d'optimisme devant des marqueurs se rapprochant de plus en plus de la normalité. L'absence de cellules leucémiques dans la moelle osseuse laissait espérer une rémission qui ne serait cependant reconnue complète qu'après trois ans de traitement.

Alexander gagnerait-il son deuxième combat ? Je voulais m'en convaincre.

L'inspecteur Bonnefoy examina les rapports du médecin légiste. L'identification médico-légale des quatre squelettes faisait l'objet d'un dossier spécial.

Sujet 1 : femme race blanche, 22 ans environ, taille 1,68m. Groupe sanguin indéterminé. Signe particulier : fracture péroné jambe droite. Ancienneté du décès : 7 ans – cause : inconnue

Sujet 2 : femme race europoïde, 21 ans environ, taille 1,70m. Groupe sanguin indéterminé. Signe particulier : manque quatre canines. Ancienneté du décès : 4/5 ans – cause : inconnue

Sujet 3 : femme, race caucasienne, 21 ans environ, taille 1,70m. Scoliose marquée, malformation corrigée par des tiges métalliques implantées dans les vertèbres. Groupe sanguin indéterminé. Ancienneté du décès : 3 ans – cause : inconnue

Sujet 4 : femme, race jaune vraisemblablement Chinoise, taille 1,63. Corps en cours de décomposition. Poids : 60 kilos environ. Groupe sanguin B. Ancienneté du décès : 1 an – cause : empoisonnement.

Relier les informations recueillies avec celles déjà connues allaient enfin donner la possibilité d'identifier les corps et de prévenir les proches. Cette dernière étape était loin d'être la plus facile, les familles se raccrochant au moindre espoir jusqu'au dernier moment. Conscient que l'attente sans rien savoir était insupportable, l'inspecteur Bonnefoy s'attachait à rassembler toutes les preuves susceptibles de faire avancer ses enquêtes. Il consignait méticuleusement au fil du temps les moindres détails, les plus petits éléments. Une seule erreur serait impardonnable.

Mademoiselle Wagner, première victime identifiée, de nationalité allemande, présentait une fracture du péroné comme mentionnée spontanément dans la déposition des parents. Les interrogatoires poussés et musclés de Jacopo Ricci aboutirent à sa reconnaissance d'homicide volontaire par empoisonnement. Le témoignage d'Anna devant la cour d'Assises, serait déterminant dans cette première enquête. Le prévenu encourait une peine de quinze ans.

L'étude du dossier de Mademoiselle Smith, jeune californienne étudiante à La Sorbonne, confirma sa liaison avec Jacopo Ricci. Sa disparition, signalée en son temps par des amis, avait été appuyée par l'interrogation des parents. La recherche d'indices de reconnaissance, spontanément notés, avait mis en évidence l'extraction de canines à seize ans pour faire place aux dents de sagesse. Ce nouveau crime par empoisonnement, avoué par le suspect requérait une nouvelle peine de quinze ans d'emprisonnement.

Le troisième cadavre répondait au signalement très particulier d'une scoliose corrigée chirurgicalement. La recherche de la provenance des tiges métalliques numérotées retrouvées sur la victime aboutit à l'identification de Mademoiselle Keller, suisse d'origine, opérée à Lausanne. Orpheline, la disparition n'avait pas été signalée en France.

Le cadavre de la jeune asiatique, portée disparue un an plus tôt, ne laissait planer aucun doute sur sa liaison avec le prévenu après de nouveaux interrogatoires de voisinage. Fille d'un mafioso des triades Chinoises, les menaces, actes d'intimidation conférés envers la police se multipliaient pour que le procès ait lieu au plus vite et que justice soit faite. Une condamnation à mort du condamné était déjà établie.

Formellement identifiés, trois corps furent rapatriés dans leur pays respectifs. Après crémation, les cendres de Mademoiselle Keller, non réclamées, furent déposées sur la pelouse cinéraire du Père-Lachaise.

Soulagé de savoir le prédateur définitivement sous les verrous, l'inspecteur Bonnefoy classant ses dossiers se félicita intérieurement d'avoir réussi à mettre un dangereux criminel hors circuit.

L'emprisonnement à perpétuité ne faisait aucun doute.

Décembre s'était installé apportant avec lui son lot de réjouissances et de festivités. Alexander n'aurait pu imaginer un seul instant vivre ce moment après la découverte de sa récidive cancéreuse. Traitements terminés, il voulait profiter un maximum de sa rémission. Éloigné de son travail, sans chercher à s'impliquer de nouveau, il reprenait goût à la vie rebondissant sur de nouveaux projets. Pour marcher dans les traces de sa fille, après l'évocation de son passé les soirs obscurs de sa lutte contre le crabe, il envisageait de faire profiter toute la famille d'un séjour en France. Cette nouvelle perspective tenue secrète occupait toutes ses pensées.

La veille du réveillon, souhaitant être seul pour ses achats de Noël, il prit un taxi pour West Point Grey. Seth, Anna toujours inquiets l'auraient certainement dissuadé mais depuis sa rémission, se sentant invulnérable, il prenait un malin plaisir à braver les interdits.

En chemin, comme un gamin, il s'émerveilla du grand sapin devant la Art Gallery, des boules multicolores, des lanternes de sages chinois, dragons, pandas suspendus aux arbres, des illuminations partout présentes. Dans les rues, il croisa jongleurs, acrobates, danseurs déambulant sur des musiques ininterrompues. Arrivé devant la patinoire, il resta bloqué par la parade.

Seigneur, se dit-il, j'avais *oublié la féerie de la Holiday Season.*

Descendant de voiture, il accepta un p'tit verre de caribou chaud que lui tendait un passant, acheta une crêpe au sirop d'érable, en retrouvant sa joie d'enfant.

Sans idée arrêtée, il flânait à la recherche du cadeau d'Anna. Dans une bijouterie un médaillon en or attira son attention. Il poussa la porte de la boutique pour déchiffrer l'inscription gravée. Les mots, plus intéressants que le joyau, reprenaient une citation du Petit Prince : *on ne voit bien qu'avec le cœur, l'essentiel est invisible pour les yeux.* Il l'acheta, heureux d'avoir trouvé une telle perle…

Dans une galerie, il s'arrêta devant la statuette d'un couple enlacé, une délicate sculpture artisanale en bois de suar ciré, une incarnation de l'amour conjugal dans une étreinte symbolique de l'infini. Ému, Alexander ne pouvait en détacher son regard. *Ce sera le cadeau de Seth,* décida-t-il.

Restait un dernier achat, celui de sa femme. Il se décida pour une étole en laine et soie mélangées, de couleur pétrole sur le thème des oiseaux, signée d'un grand couturier.

Jamais Alexander n'aurait pensé prendre autant de plaisir à acheter ce qu'il qualifiait autrefois de « babioles ». Le soin particulier apporté au choix des cadeaux était loin de récompenser toutes les attentions particulières dont il avait fait l'objet pendant sa maladie mais pour avoir choisi lui-même, il se trouvait en accord avec son ressenti. Ces derniers mois, le soutien indéfectible de ses proches avait été constant, infaillible.

Satisfait et soulagé, il déambula dans les rues, se mêla aux divers groupes communautaires en errance. Rattrapé par la parade de chars, danseurs, pompiers, policiers pour une collecte de fonds alimentaires, il les suivit, déposa à la station Santa un chèque conséquent pour la Food Bank Society avant de reprendre un taxi.

Alexander avait le sentiment étrange d'avoir vécu une journée hors du temps.

—Alex, où étais tu ? Je me suis fait un sang d'encre. Tu as oublié ton téléphone.

— Regarde, mes achats de Noël.

—Tu aurais pu dire que tu sortais. Je t'aurais conduit. Tu n'aurais pas eu de taxi à prendre.

— Excuse-moi Barbara mais je voulais être seul pour *des cadeaux-surprises.*

Alexander ignorait que le plus gros saisissement serait bientôt pour lui.

J'avais préparé une table festive. Couverts en argent, vaisselle en porcelaine de Limoges, verres en cristal, déposés sur du linge blanc immaculé. Le tout étincelait sous la lumière des lustres. Sur le chemin de table rouge, décoré de bougies, houx, paillettes, s'étalait un souper-partage préparé par Barbara. Le choix multiple de plats : croissants de pizza en forme de bottes, couronne à la dinde et canneberges, gratin de pâtes au poulet, mini burgers grillés au porc cajun, fromages, cinnamones rolls à la cannelle, bûche glacée, n'avait jamais eu son pareil.

Après avoir trinqué au champagne dans le petit salon, chacun prit place autour de la table. Dans l'assiette du maître de maison un paquet enrubanné attendait d'être ouvert.

— Ce n'est pas encore l'heure ! S'étonna Alexander.

J'insistai,

— Tout le monde est d'accord pour que tu ouvres celui-ci maintenant. C'est un présent très particulier. Les autres attendront demain.

Étonné, Alexander prit son temps pour enlever la faveur argentée tout en essayant d'imaginer ce qui pouvait bien se cacher à l'intérieur. Sous l'emballage, une boîte bleue. Il l'ouvrit précautionneusement. Découvrant les deux petits chaussons tricotés, brodés d'un castor, reposant délicatement sur du papier de soie, ses larmes jaillirent.

— Anna, est-ce vraiment ce que je pense ?

—Oui papa. La famille va s'agrandir. Un petit garçon partagera bientôt notre quotidien. La naissance est pour avril. Un bélier, un fonceur sans nul doute.

— Merci, mes enfants. J'étais déjà comblé avec vous deux mais un petit, dans cette maison, c'est vraiment le plus beau jour de ma vie.

L'inspecteur Bonnefoy téléphona à Maître Boileau pour lui communiquer la date du procès de Jacopo Ricci. Il aurait pu envoyer une convocation à Anna mais ne voulant pas la bouleverser, il laissait à son ami le soin de l'informer. Citée comme témoin, l'obliger à revenir sur sa propre histoire, n'allait pas être chose facile. Elle devait s'y préparer. Fixé en juin, l'affaire faisait déjà *la Une* des journaux français reprenant dans une chronologie précise les chefs d'accusation des quatre meurtres. Instruits séparément, chaque crime allait faire l'objet d'un jugement.

L'appel du notaire arriva le jour anniversaire de mon fils. Toute la famille de Seth était réunie chez papa pour souffler les bougies du gâteau d'Adam. Deux ans déjà que le petit homme occupait tout l'espace et monopolisait toutes les attentions.

Accaparée par mes charges de travail, mon rôle de mère, j'avais totalement repoussé le procès au plus profond de ma mémoire. Le remettre en lumière aujourd'hui me bouleversait. J'allais devoir mettre entre parenthèses mes priorités pour être livrée en pâture aux traqueurs d'événements à rebondissements médiatiques.

Depuis plus d'un an, ne pouvant être sur tous les fronts, j'avais renoncé à mes classes de théâtre. Ma fidèle Meili avait repris le flambeau mais gardé le contact pour mes conseils de mises en scène. Toujours accueillie chaleureusement, par les enfants à chacune de mes visites, j'étais fière de mes engagements passés et de mon enseignement. J'avais réussi à activer une émulation pour les plus démunis et pousser les plus vulnérables pour une égalité de chance. Chaque enfant pouvait se construire une vie meilleure en mettant à profit les acquis. Les mois filants, l'arrestation de mon tortionnaire refoulée dans les tréfonds de ma mémoire, je ne m'attendais plus à être confrontée un jour à mon cauchemar.

Pendant ma grossesse, couvée par Seth, maternée par Barbara, idolâtrée par Alexander, le temps avait passé à grande vitesse. Mes proches restaient à l'affût du plus petit changement dans mon corps. En ressentant les premiers coups de pied à six mois, les mouvements de remuement à huit mois tous les trois émerveillés s'étaient impatientés de ma délivrance.

Venue à terme, le nouveau-né de quatre kilos bouleversa nos vies.

Découvrant mon bébé pour la première fois, c'est l'image de grand-père qui s'imprima. Étrange ressenti qui me fit fondre en larmes. Seth présent à l'accouchement s'était inquiété.

— Un problème, mon Amour.

— Non, non, je pensais à mes grands-parents. Ils auraient été heureux de connaître leur arrière-petit-fils.

Dès la naissance du bébé, Barbara adopta son rôle de nounou avec amour et reconnaissance, Alexander son titre de grand-papa avec infantilité et gaucherie, Seth sa place de père de famille en homme responsable et passionné. Je ne pouvais que me réjouir de leur complète implication. Rassurée, j'occupais mon nouveau statut de mère confiante, enchantée d'être toujours désirée par mon époux, malgré les kilos pris, pas encore perdus.

En délaissant son laboratoire, Alexander ne m'avait pas facilité la tâche. Il ne s'impliquait plus qu'en cas d'absolue nécessité. Sa confiance en moi lui permettait de profiter au maximum de son petit-fils. Chaque avancée du nourrisson était une découverte pour lui. Consciencieusement, il secondait ma belle-mère dans sa garde. Adam était certainement le poupon le plus entouré au monde. Je rêvais moi aussi d'être présente, de lui consacrer du temps. Quand le blues me prenait, Seth partait chercher Adam, me l'emmenait au labo pour que je puisse compenser mon manque, assouvir mon besoin de le serrer dans mes bras, de le sentir tout contre mon cœur.

Apprenant que j'étais appelée à témoigner, mon père organisa immédiatement un séjour en France pour toute la famille. Il avait tant rêvé de visiter les endroits où j'avais passé ma jeunesse, qu'il jugea le moment opportun pour concrétiser son envie. M'épauler dans cette épreuve était, à ses yeux, le moins qu'il puisse faire.

A bord d'un Boeing, embarqués en première classe, nous avons quitté le Canada pour un voyage exceptionnel. Le personnel affecté à notre service répondait à tous nos besoins.

Dans le confort, le luxe de ma cabine privée, équipée d'une douche, d'un lit spacieux, je me suis remémoré mon voyage aller pour Vancouver. Comment aurais-je pu alors imaginer ce qui m'attendait. Reconnaissante, je ressentis un besoin urgent de rejoindre mon père dans sa cabine. Il somnolait. Dans son espace transformé en nurserie, Adam dormait. Je me suis approchée doucement d'Alexander pour passer mes bras autour de son cou. J'ai déposé sur son front légèrement dégarni un long baiser. Il se laissa cajoler avant de demander,

—You have the blues, baby ?

—Je réalise la chance exceptionnelle de t'avoir retrouvé. Jamais, je n'aurais cru cela possible. Ta position, ton travail, nous offrent une vie de rêve. Qu'ai-je donc fait pour te mériter ?

— Profite sans arrière-pensée, Anna. La vie t'offre enfin ce dont tu as droit. Prends conscience que tu es une pointure dans le domaine de la génétique. Je suis très fier de toi. Tu n'as rien volé. Occupe sans complexe la place qui te revient. Maintenant, assez de questionnement et de nostalgie. Moi, j'ai hâte d'atterrir, de découvrir Paris. Nos suites au Georges V, à deux pas des Champs Élysées, nous attendent. J'ai déjà fait installer le nécessaire pour Adam dans notre chambre. Tu n'es pas fâchée, dis-moi ? Je vous accorde une deuxième lune de miel ! Qu'en dis-tu ?

—Tu cherches à donner une petite sœur à Adam, c'est ton plan ?

Ils s'esclaffaient encore quand Seth, mis dans la confidence, adhéra complètement à la proposition d'Alexander.

Arrivés cinq jours avant le procès, nous découvrîmes Paris à notre rythme, sans nous presser. Alexander avait réservé une voiture avec chauffeur qui n'attendait que notre bon vouloir.

Chaque matin, après un copieux petit-déjeuner servi en chambre, nous rejoignions notre guide pour des visites arrêtées la veille. Après le musée du Louvre, la tour Eiffel, l'Arc de Triomphe, la Cathédrale Notre-Dame, Montmartre et le château de Versailles, Alexander privatisa un bateau mouche pour un dîner croisière « Paris By Night ». Le repas gourmet servi à bord par du personnel efficace et discret, la prestation talentueuse de musiciens chevronnés et une chanteuse live, rendirent la traversée de trois heures sur la Seine magique et inoubliable. Les plus beaux monuments de la capitale étincelaient sous les lumières des projecteurs. Ravi, Adam applaudissait à chaque passage de pont, poussant des cris d'émerveillement. Son enthousiasme juvénile faisait plaisir à voir.

La veille du jour où je devais témoigner, nous nous rendîmes en pèlerinage dans le cinquième arrondissement. Nous fîmes halte devant l'immeuble de la rue Mouffetard, là où j'avais passé mes dix premières années, avant de nous rendre au Quartier Latin. Au Jardin du Luxembourg, Adam heureux de gambader profitait de cette belle journée ensoleillée. Je m'imaginais au même âge, au même endroit. La nostalgie me prit. Mon père, conscient des émotions véhiculées me serra dans ses bras et nous continuâmes notre marche bras dessus-dessous. Pour terminer notre journée, nous louâmes une montgolfière. A plus de cent cinquante mètres de hauteur, la ville de Paris aux heures de pointe, devenue véritable jungle, se révélait inaccessible.

Le jour suivant accompagnée par mon mari, en début d'après-midi, je partis témoigner. Barbara et Alexander avaient proposé une visite au zoo de Vincennes pour Adam. La suggestion avait fait l'unanimité. Occuper l'enfant pour me soulager était la meilleure chose qu'ils puissent faire.

Le procès était commencé depuis le matin. Quand nous sommes arrivés, l'audience avait déjà repris.

Conduite dans une salle à l'écart pour patienter, j'avais hâte que tout soit terminé.

Seth s'installa au fond de la salle du tribunal, fixa l'accusé qui, assis sur un banc, semblait détaché de tout. Une envie de le neutraliser pour toujours le prit. Il regretta de l'avoir épargné pendant le kidnapping mais on ne change pas ses valeurs. Pour lui, c'était à la justice de faire son travail même si rester maître de ses sentiments à ses limites.

Appelée devant le tribunal pour prêter serment et dire *Toute la vérité rien que la vérité,* je fis mon entrée dans la salle d'audience. Je perçus le regard de Seth braqué sur moi. A distance, je sentis la tension qui l'habitait. Après avoir décliné mon identité complète, mon manque de lien avec le prévenu, je donnai un témoignage spontané de ce que j'avais pu constater pendant ma séquestration quand j'occupais le logement de Mademoiselle Wagner.

La Présidente de la Cour prit la parole.

— Vous êtes tenue, Madame, de nous fournir des éléments de faits sur la personne jugée.

Pour la première fois, j'osai regarder Jacopo assis sur son banc d'accusé. Il me nargua insolemment. Il n'avait rien perdu de son assurance. Toujours persuadé de son emprise sur moi, il fit mine de lever le poing. Un frisson parcourut l'assemblée.

Déstabilisée, je cherchais à rendre cohérentes mes réponses. Ahurie, je vis soudain Jacopo se lever comme un ressort. Par réflexe, je reculai. Debout, il se contorsionnait dans tous les sens, bras ouverts en crucifixion, yeux exorbités, bouche écumante, langue tirée. Je visionnai instantanément un condamné à mort sur sa chaise électrique, respirai même l'odeur de chair grillée qui me donna la nausée. Il s'effondra sur la rambarde devant lui, sans un mot, secoué de soubresauts ininterrompus.

Le juge affolé fit évacuer la salle, demanda l'intervention des policiers pour sécuriser les jurés. Les services de secours furent appelés en urgence. Un agent de sécurité vint me chercher pour me diriger vers le couloir. Sitôt sortie, une meute de journalistes à l'affût m'assaillit. Les questions fusaient de toute part. Traumatisée par ce que je venais de vivre, je me refusai à tout commentaire. J'aperçus Seth jouer des coudes pour me rejoindre. Tous les participants agglutinés devant la salle d'audience lui bloquaient le passage. Me soustraire aux joutes verbales des médias en me dirigeant vers la sortie ne fut pas une mince affaire.

A la porte du palais de justice, enfin débarrassée de mes poursuivants, chancelante, je me suis assise sur la première marche du grand escalier, exténuée. Des sirènes deux tons d'ambulances retentirent avant de stopper devant nous. Des urgentistes avec sacoches, brancard s'engouffrèrent, pressés à l'intérieur du tribunal. Je me fis la réflexion qu'il était inutile de s'affoler. Jacopo Ricci n'était plus de ce monde. Seth me fit lever avec peine, déterminé à quitter les lieux au plus vite. Devant ma pâleur extrême, me mettre à l'abri était sa priorité. Il me prodigua des paroles encourageantes pour me forcer à marcher.

— C'est terminé, mon Amour, il est mort.

— C'était horrible, Chéri. J'avais l'impression d'être témoin d'une exécution. Comment oublier cette horrible vision.

Tous les journaux télévisés du soir reprirent l'information.

Jacopo Ricci, vraisemblablement empoisonné, est décédé pendant l'audition de Madame Aude Delaunay venue spécialement du Canada pour témoigner. Elle est la seule victime, miraculeusement sauvée. Le prévenu, mort dans d'atroces souffrances, a été évacué vers la morgue pour autopsie.

Rentrée fiévreuse à l'hôtel, j'ai dû m'aliter. Jacopo Ricci, en pantin désarticulé, hantait mes journées, mes nuits. Alors que tout était définitivement terminé, j'avais le sentiment étrange de vivre hors du temps. Dans ma tête un épais brouillard obscurcissait mes souvenirs. Confusément, je visionnais mon bourreau sabotant la voiture qui avait tué maman comme celle de mes grands-parents. Je revivais ses sévices, ma séquestration, mon kidnapping, l'imaginais empoisonnant ses victimes. Tremblante, je sursautais au moindre bruit. Je ne pouvais plus m'alimenter ; la simple vue de la nourriture, les odeurs me donnaient des nausées, le vertige. Renfermée sur moi-même, je n'arrivais plus à communiquer. Je percevais à distance la présence de mes proches, leurs inquiétudes, sans pouvoir réagir.

Le voyage dans les Vosges programmé fut reporté. Le séjour à l'hôtel Georges V se prolongea. Un médecin/psychiatre appelé en urgence conclut à un état de choc post-traumatique. J'oscillais entre cauchemars et réalité. Si mon état léthargique devait se prolonger, une hospitalisation en psychiatrie serait à envisager. Dans un premier temps, le spécialiste prescrivit un antidépresseur, des anxiolytiques, recommanda un accompagnement psychologique dans la durée si une amélioration se faisait sentir.

L'inspecteur Bonnefoy avait téléphoné plusieurs fois pendant mes troubles. Il finit par me rapporter le contenu du complément d'enquête après recouvrement de mes esprits. La découverte d'aconits, (petites plantes que l'on trouve en Asie) dans les aliments du prévenu, ingérées à l'heure du déjeuner vînt confirmer la thèse de l'empoisonnement et l'implication de la mafia chinoise dans l'extermination du criminel. Le policier avait conclu avec la phrase radicale, *œil pour œil, dent pour dent.* Elle eut le mérite de me ramener à la réalité, prenant définitivement conscience que tout était bien terminé.

J'ai pu quitter l'hôtel ragaillardie par l'idée que les quatre victimes étaient vengées même si leurs proches frustrés ne connaîtraient jamais de procès. C'était mieux ainsi. Le sort réservé à Jacopo Ricci était une justice en soit.

Entourée par l'amour de mes proches, j'ai tourné la page sur un passé qui avait bien failli me tuer.

Pour nous rendre dans les Vosges, après avoir réservé des places en première classe dans le TGV Paris/Remiremont, j'ai remonté le temps, me remémorant mon trajet à ma sortie d'hôpital. Pour oublier, je me suis focalisée sur mon fils qui, ravi de voyager en train, nez à la fenêtre, regardait les paysages défiler à grande vitesse.

A notre arrivée à Épinal, Maître Boileau nous attendait. J'avais réservé une table aux Ducs de Lorraine en souvenir des repas partagés dans ma jeunesse avec mes grands-parents. Après un copieux déjeuner d'une cuisine gastronomique arrosée de bons vins qui enthousiasma mon paternel, nous sommes montés à bord d'un minibus conduit par un chauffeur. Le notaire nous abandonna repu, disposé pour une bonne sieste. En route pour mon village, après avoir acheté des fleurs, nous nous sommes rendus au cimetière. Une visite à mes proches était mon ultime étape.

Les photos sur la stèle, les inscriptions en lettres d'or de mon nom de famille disparu ébranlèrent tous les cœurs. Un hommage silencieux, respectueux fut rendu. Alexander fixait le portrait d'Alice, les yeux remplis de larmes. Il demanda à rester seul un instant avant de nous rejoindre. Dans son visage bouleversé par l'émotion, j'ai perçu tout ce qui aurait pu être si maman et papa avaient vécu la vie qu'ils avaient imaginée.

Une fois quitté le lieu de repos éternel, nous avons arpenté les rues foulées autrefois avant de rejoindre mon endroit favori, les berges du canal de l'Est. Subjugué par les écluses, comme moi jadis, Adam regardait, hypnotisé, les péniches descendre et remonter le fil de l'eau.

La boucle est bouclée pensais-je si fort que tous en furent intimement convaincus sans que je prononce un seul mot.

De retour à Vancouver, Bradford venu nous prendre en charge à notre descente d'avion nous faisait de grands gestes. Ayant assumé seul l'intérim il devait être satisfait de nous voir débarquer. D'un naturel discret, naturellement effacé, Alexander le jugea particulièrement excité. Il bougeait les bras en tous sens, prononçait des paroles incompréhensibles noyées dans le brouhaha et les annonces de l'aéroport.

— Calmez-vous l'ami. Que se passe-t-il ?

— Une grande nouvelle Monsieur Alexander. Anna est pressentie comme lauréate pour une reconnaissance internationale de l'excellence canadienne. Ses travaux pour mieux comprendre les cellules cancéreuses et trouver des solutions à l'une des plus grandes préoccupations du monde ont retenu l'attention de la *BBVA Foundation*. Elle est reconnue comme avant-gardiste dans la discipline Biologie et Médecine.

— C'est une très, très bonne nouvelle, n'est-ce pas Anna ?

— Certainement. Je reconnais cependant que sans la collaboration efficace des autres chercheurs, toutes ces avancées n'auraient pu être possibles. Elles sont d'ailleurs loin d'être terminées.

— Ma fille, réjouissons-nous de ce que nous connaissons. De toute façon, le prix n'est pas encore attribué. S'il l'est, c'est une récompense prestigieuse pour un travail de grande qualité.

La fondation reconnaissante, encourageant la recherche mondiale l'avait choisie pour le prix *Frontiers of knowledge*. Cette année, seule discipline reconnue parmi tant d'autres, elle mettait en valeur le travail collaboratif et parallèle du laboratoire de Vancouver, de ses homologues d'Ottawa et Toronto. On ne pouvait rêver meilleur retour.

Adoptée comme une fille du pays par toute la Colonie de la Colombie-Britannique, je rêvais déjà à d'autres percées médicales pour avancer sur les maladies orphelines et auto-immunes.

J'attendis d'être à la maison pour annoncer une autre bonne nouvelle. La future naissance d'un frère ou d'une petite sœur pour Adam.

ÉPILOGUE

Bienvenue sur RADIO CANADA.

Mesdames et Messieurs, bonne journée. Notre station reçoit aujourd'hui Madame Delaunay, éminente chercheuse récemment primée.

Bonjour, Madame. C'est un grand privilège que vous ayez accepté notre invitation. Le prix Frontiers of knowledge qui vient de vous être décerné récompense un travail d'équipe tourné vers des avancées prometteuses. Habituellement peu disposée aux interviews, nous vous remercions de nous consacrer un peu de votre précieux temps. Pouvez-vous nous en dire plus sur votre parcours scientifique, débuté par des études en France.

—. Après un cursus universitaire de cinq années, j'ai souhaité rejoindre le Canada, pays à la pointe de toutes les avancées génétiques et épigénétiques. Le *génome humain, le séquençage restent mes domaines de prédilection. C'est à Vancouver que j'ai trouvé l'appui nécessaire pour faire avancer mes recherches. Les découvertes du programme challenge ont sauvé mon père. Il permet de nombreux traitements adaptés et reste disponible pour tous.*

— Évidemment, chacun connait l'incroyable rémission de la leucémie de Monsieur Lavoie et s'en félicite. Pouvez-vous nous en dire un peu plus aujourd'hui sur vos retrouvailles qui ont bouleversé en leur temps toute la communauté et nous relater quelques indiscrétions sur la relation amoureuse de votre père avec votre mère.

— Je ne trouve pas grand intérêt à mettre leur histoire sur le devant de la scène. Je peux cependant vous affirmer que je suis le fruit d'une grande passion. Un coup de foudre réciproque dont je me réjouis chaque jour. Mon père est incroyable, vous savez. De mentor à mécène, je ne sais lequel mettre en avant. En plus du soutien matériel qu'il m'a toujours apporté, il œuvre bénévolement à l'exercice d'activités pour les plus démunis.

— C'est très généreux de sa part. Personnellement, ne ressentez-vous jamais la nostalgie de votre beau pays ?

— Plus maintenant. J'ai construit ma vie ici. Les gens m'ont adoptée. Je suis devenue un membre de la Colombie-Britannique à part entière.

— Vous êtes une héroïne de contes de fées même si votre kidnapping a bien failli vous coûter la vie. L'empoisonnement de votre ravisseur a fait la Une des journaux. Pouvez-vous nous en dire quelques mots ?

— Lui porter une quelconque attention n'est aucunement justifiée et serait immorale pour ses victimes. J'ai vécu des moments très difficiles. Je m'efforce de les oublier même si le passé continue de me hanter.

— Je comprends. Votre père sera un jour à la retraite. Etes-vous prête à prendre sa place ?

— Je vous assure qu'il n'est pas très pressé d'accrocher « ses patins » comme on dit ici et qu'il n'a pas le temps de niaiser.

— C'est rassurant de le savoir en forme. Il est une personnalité appréciée de tous. J'ai cru comprendre qu'il prenait son rôle de grand-père avec beaucoup de sérieux. C'est bientôt Thanksgiving, des projets ?

— J'ai épousé l'homme idéal. Il s'occupe de tout. Chaque année nos familles se retrouvent pour des moments de partage mémorables. Cette fois nous avons une nouvelle invitée.

— C'est vrai. Comment Monsieur Lavoie aborde t'il son rôle de grand-père ?

— Il est un grand-papa gâteau. C'était déjà vrai avec son petit fils, il l'est encore davantage, si je puis dire, avec ma fille.

— Que pensent votre mari, votre fils de cette dernière née ?

— Seth et Adam, mes amours, sont comblés. C'est mon fils qui a choisi le prénom de sa sœur.

— Pouvez-vous nous le confier ?

— Bien entendu, Alicia !

Merci infiniment Madame Delaunay, d'avoir partagé ce moment avec nous. Bonne chance pour votre futur.

C'était RADIO CANADA Adeline, toujours à votre écoute pour Vous servir, Vous informer.

DU MÊME AUTEUR,

30 000 mots résumés en quatre.

SORTIES DE ROUTE (Dépôt légal 2020)

Amour perdu et retrouvé.

JUGEMENT SANS APPEL *(Dépôt* légal 2021)

Survivre à une agression

DERRIÈRE MON MUR *(*Dépôt légal 2021)

Construire sa vie autistique.

L'ATTRAPE-REVE *(*Dépôt légal 2023)

Vivre sa passion artistique